王澄古稀集

王鑒爲 編

3

書法卷

大象出版社

目錄

〇〇二 六祖壇經（節録）
〇〇六 六祖壇經（節録）
〇〇八 自作詞　廣寒秋
〇一〇 蘇軾與彦正判官（節録）
〇一二 自作詞　蘇幕遮
〇一四 隨園詩話（節録）
〇一八 自作詞　廣寒秋
〇二二 自作詞三首
〇二四 李白詩聯
〇二六 自作詞　少年游
〇二九 自作詞　南樓令
〇三〇 袁中郎題陳山人山水卷（節録）
〇三四 自作詩　泛艇平湖
〇三六 自作詞　江城子

〇三九　節臨唐宮女志
〇四〇　自作詩　步應輝兄
〇四二　自作詩　天地共
〇四四　自作詩詞四首
〇四六　王澄書畫展自序
〇五〇　自作春聯
〇五二　自作聯
〇五四　自作詞　好事近
〇五六　自作詩　獨憐
〇五八　自作詩　六一初度
〇六〇　自作詞　南樓令
〇六二　自作詞　渡江雲
〇六五　袁枚與汪可舟（節録）
〇六六　自作聯
〇六八　自作詞四首
〇七二　自作詞四首
〇七五　自作詞　水調歌頭
〇七七　帶經堂詩話摘録
〇八〇　自作詞　滴滴金
〇八三　四十二章經
〇八四　自作詞　壺中天慢
〇八七　自作詞三首
〇八八　陳寅恪詩聯
〇九〇　自作詞　逍遥樂
〇九二　自作詞　鎖窗寒
〇九六　自作聯

〇九八　自作詞　醉春風
一〇〇　自作詞　訴衷情
一〇二　擔當題畫詩
一〇四　自作聯
一〇六　自作聯
一〇九　王維詩
一一〇　自作詞　碧窗夢
一一二　自作詞　浪淘沙
一一四　自作詞　玉壺冰
一一七　自作詞　陽關引
一一八　自作詩　度禪音
一二〇　自作詩　橫流一醉
一二二　自作詞　滿江紅
一二四　自作詞　醉太平
一二六　自作聯
一二八　自作詞　梅月圓
一三〇　毛澤東詞二首
一三二　自作詩　甲午元宵
一三四　茶聖陸羽序贊
一三六　毛澤東詞聯

六祖壇經（節録）

紙本　2004年　67cm×69cm

釋文：（略）

款識：甲申冬暮節録六祖壇經，在家無事抄書而已，并非事佛也。三合書屋王澄記之。

鈐印：大吉祥（朱文），王澄私印（白文），三合書屋（朱文）。

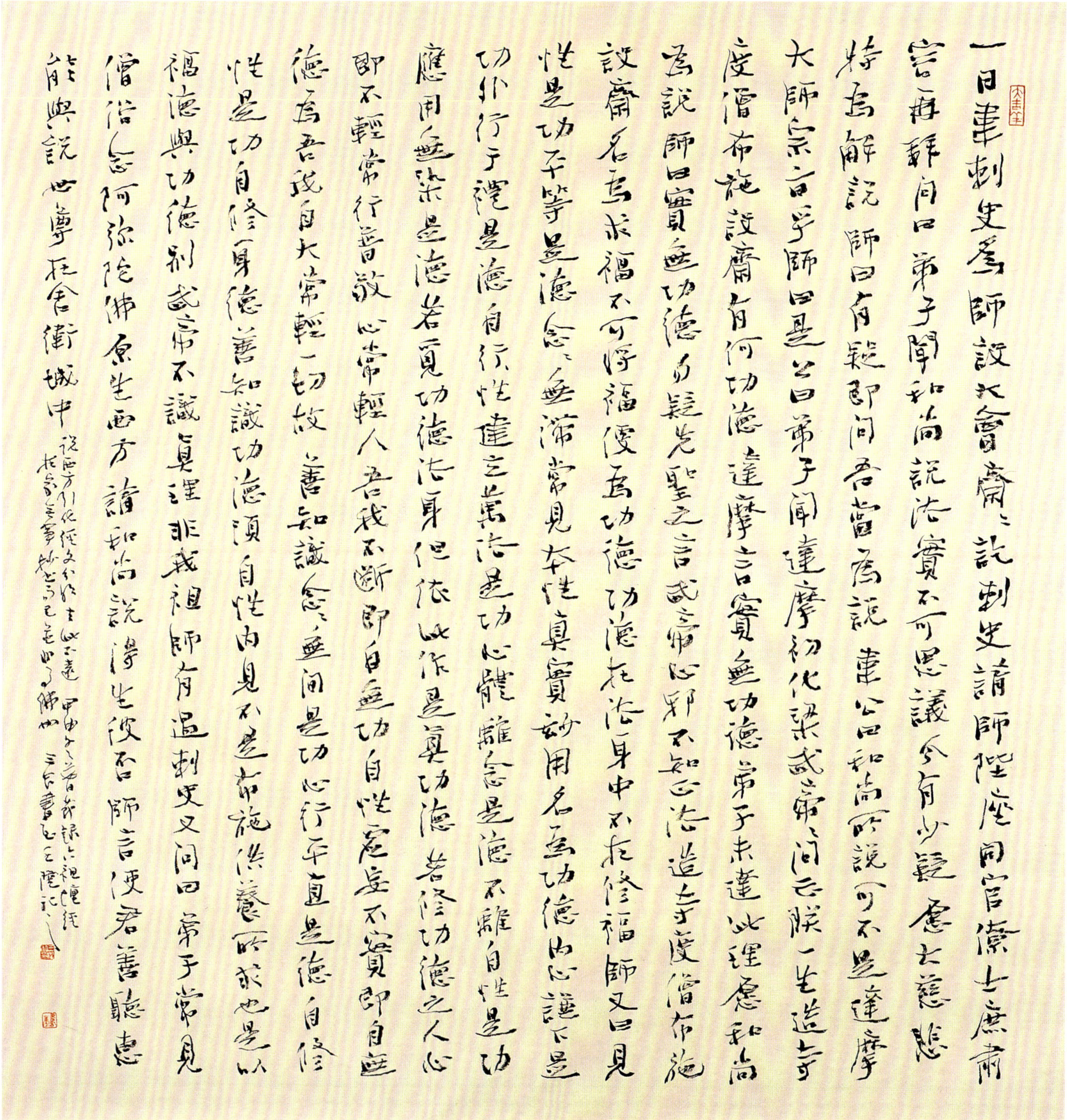
一日韋刺史為師設大會齋齋訖刺史請師陞座同官僚士庶肅
容再拜問曰弟子聞和尚說法實不可思議今有少疑願大慈悲
特為解說師曰有疑即問吾當為說韋公曰和尚所說可不是達磨
大師宗旨乎師曰是公曰弟子聞達磨初化梁武帝帝問云朕一生造寺
度僧布施設齋有何功德達磨言實無功德弟子未達此理願和尚
為說師曰實無功德勿疑先聖之言武帝心邪不知正法造寺度僧布施
設齋名為求福不可將福便為功德功德在法身中不在修福師又曰見
性是功平等是德念念無滯常見本性真實妙用名為功德內心謙下是
功外行於禮是德自性建立萬法是功心體離念是德不離自性是功
應用無染是德若覓功德法身但依此作是真功德若修功德之人心
即不輕常行普敬心常輕人吾我不斷即自無功自性虛妄不實即自無
德為吾我自大常輕一切故善知識念念無間是功心行平直是德自修
性是功自修身是德善知識功德須自性內見不是布施供養之所求也是以
福德與功德別武帝不識真理非我祖師有過刺史又問曰弟子常見
僧俗念阿彌陀佛願生西方請和尚說得生彼否師言使君善聽惠
能與說世尊在舍衛城中
說西方引化經文分明去此不遠

曰弟子聞達摩初化梁武
功德達摩言實無功德
勿疑先聖之言武帝心邪不知
福便爲功德功德在法身
滯常見本性真實妙用

性建立萬法是功心體離

功德法身但依此作是眞

輕人吾我不斷即自無功

切故

善知識念念無間是功

六祖壇經（節録）

紙本　2004年　67cm×69cm

釋文：（略）

款識：甲申節録六祖壇經於古商城，三合書屋王澄并記。

鈐印：大吉祥（朱文），王澄私印（白文），三合書屋（朱文）。

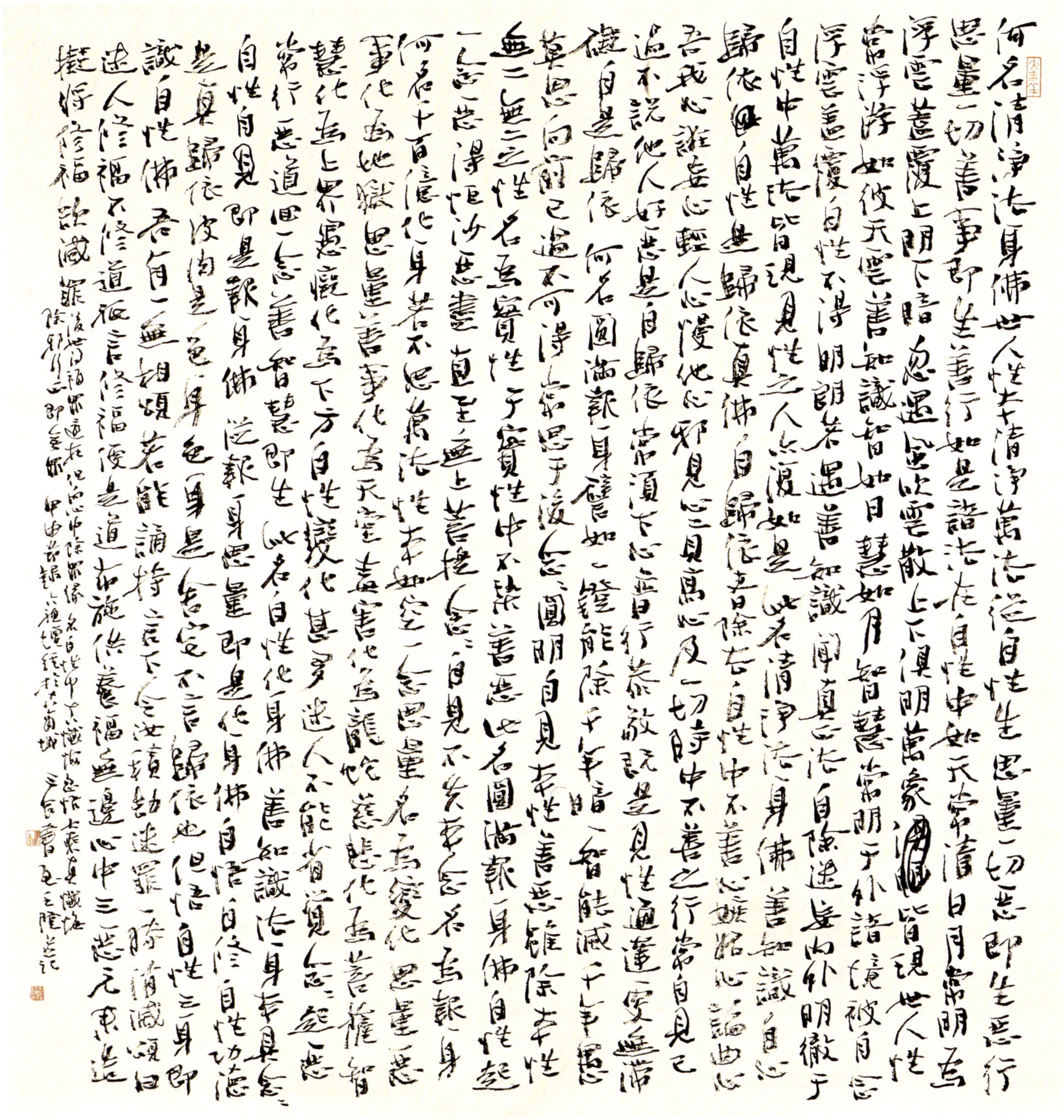
何名清淨法身佛世人性本清淨萬法從自性生思量一切惡事即生惡行
思量一切善事即生善行如是諸法在自性中如天常清日月常明為
浮雲蓋覆上明下暗忽遇風吹雲散上下俱明萬象皆現世人性
常浮游如彼天雲善知識智如日慧如月智慧常明於外著境被自妄
浮雲蓋覆自性不得明朗若遇善知識聞真正法自除迷妄內外明徹於
自性中萬法皆現見性之人亦復如是此名清淨法身佛善知識自心
歸依自性是歸依真佛自歸依者除卻自性中不善心嫉妒心諂曲心
吾我心誑妄心輕人心慢他心邪見心貢高心及一切時中不善之行常自見己
過不說他人好惡是自歸依常須下心普行恭敬即是見性通達更無滯
礙是自歸依何名圓滿報身譬如一燈能除千年暗一智能滅萬年愚
莫思向前已過不可得常思於後念念圓明自見本性善惡雖殊本性
無二無二之性名為實性於實性中不染善惡此名圓滿報身佛自性起
一念惡滅萬劫善因自性起一念善得恆沙惡盡直至無上菩提念念自見不失本念名為報身
何名千百億化身若不思萬法性本如空一念思量名為變化思量惡
事化為地獄思量善事化為天堂毒害化為龍蛇慈悲化為菩薩智
慧化為上界愚癡化為下方自性變化甚多迷人不能省覺念念起惡
常行惡道回一念善智慧即生此名自性化身佛善知識法身本具念
自性自見即是報身佛從報身思量即是化身佛自悟自修自性功德
是真歸依皮肉是色身色身是宅舍不言歸依也但悟自性三身即
識自性佛吾有一無相頌若能誦持言下令汝積劫迷罪一時銷滅頌曰
迷人修福不修道只言修福便是道布施供養福無邊心中三惡元來造
擬將修福欲滅罪

自作詞　廣寒秋

紙本　2005年　30cm×180cm

釋文： 自由取捨，縱横捭闔，詭妙精嚴冷峻。刀青半紙復何求，蓋今古、無須詰問。　冗繁削盡，樸（璞）真歸返，正是山林隱遁。奇花怪鳥任含情，怎容得、幽懷孤忿。

款識： 舊作八大山人，調寄廣寒秋。乙酉年秋暮重録，仰山樓王澄。

鈐印： 仰山樓（朱文），王澄私印（白文）。

自由取舍縱橫排闔詩妙情蔵冷意丹青半隱復阿亦蓋含無復詰問欠戲閒畫筆真編汲正是山林隱逸寫筆怪鳥任含情怎容得幽懷孤忽

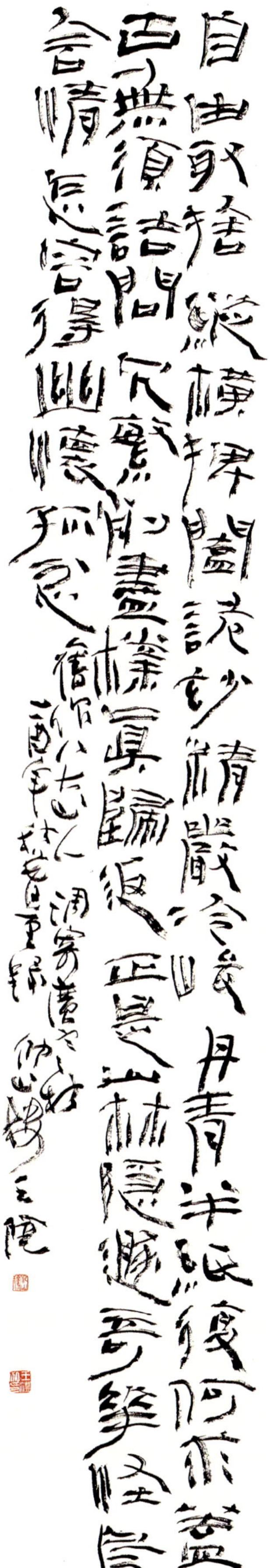

蘇軾與彥正判官（節録）

紙本　2006年　直徑 38cm

釋文：（略）

款識：丙戌年夏，京華連日高温不下，躲入書房抄書習字，兼得消暑之功效耳。仰山樓王澄。

鈐印：吉祥（朱文），童心（朱文），敬事（白文），半禪堂（白文），王澄私印（白文）。

子昂作畫初不經意對客取低墨游戲點染欲樹即對欲石即石然總得少許便是昔有送長縑于郭恕先者恕先意不樂而不得已為徑小手輪牽一絲勁直終幅縈一匝為鴛還此卷幾十餘尺者子昂才氣不減恕先乃能為之其人慍不敢言然不害為奇筆求者委曲至此殆其人有以得之耶

蘇軾與虔州崇慶禪院僧宗言書云拙惡軾毋倦也出此自佛祖出

子昂作畫初不經意對客取低墨游戲點染欲樹即對欲石即石然總得少許卷十餘尺如此輪牽一絲勁宜終幅縈一匝為鴛還之其人慍不敢言然不害為求者委曲至此殆其人有以得之耶

蘇軾官於惠州寓居于子雖守之法法細何嘗不是競有情但人倣名皆是此唶

西戌年夏京蘭連日高溫不能入眠兒室房切心宜子農閒暇習之功却
淨沚樓王陵

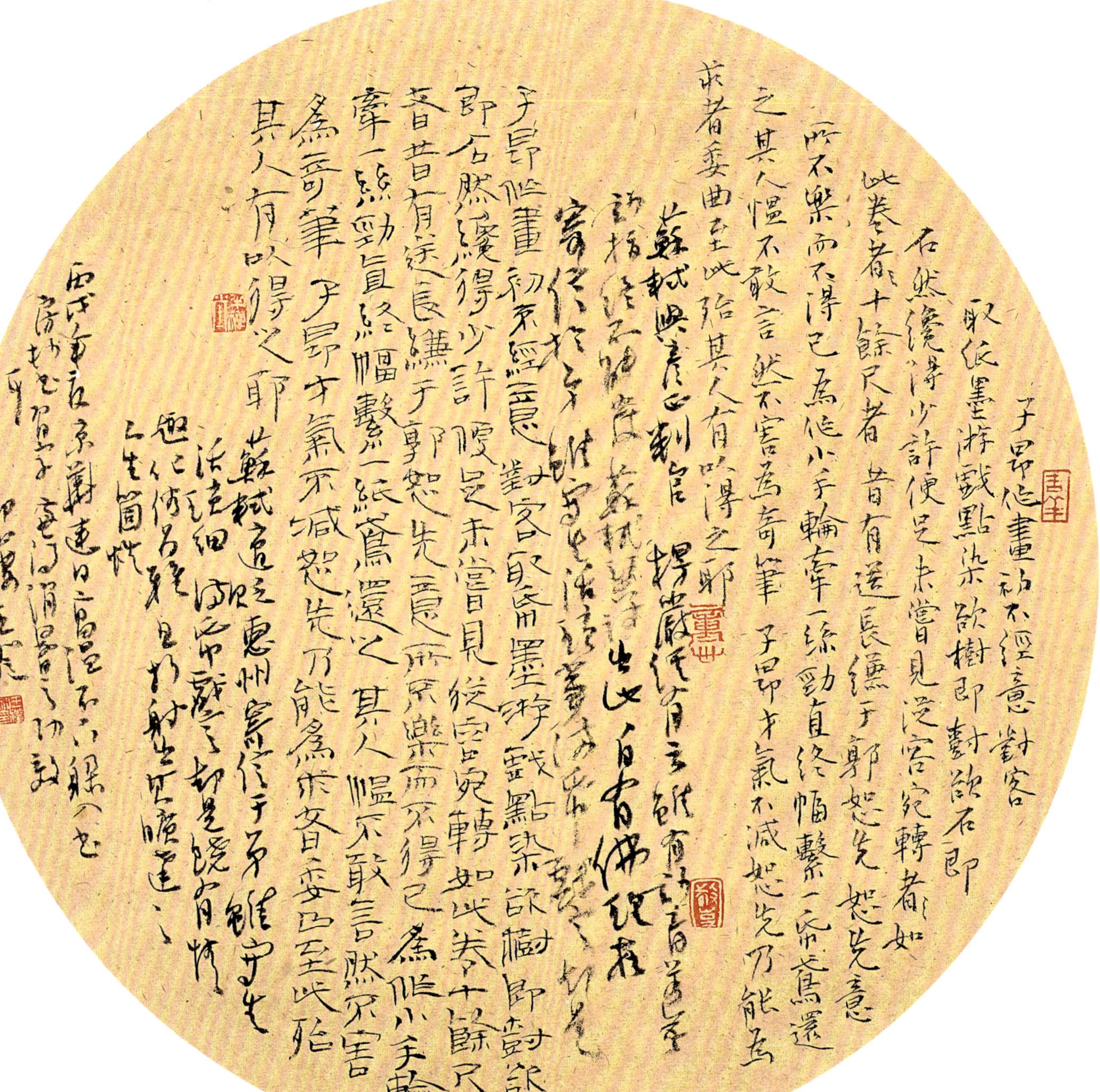

自作詞　蘇幕遮

紙本　2006 年　90cm×180cm

釋文： 重丹唇，輕粉臂。緑酒紅燈，宴罷雙雙起。月鎖深樓窗掩閉，搶得春光，急試紅羅綺。　意微酣，心竊喜。誰道無情，夢裏終無悔。對酒當歌安得醉，游戲人生，不誤青雲第。

款識： 舊作調寄蘇幕遮。丙戌春自京返鄭養治肩病腰傷，小愈無事，抄録習字兼得養心練體耳。三合書屋王澄。

鈐印： 王澄之印（白文），六十後作（朱文）。

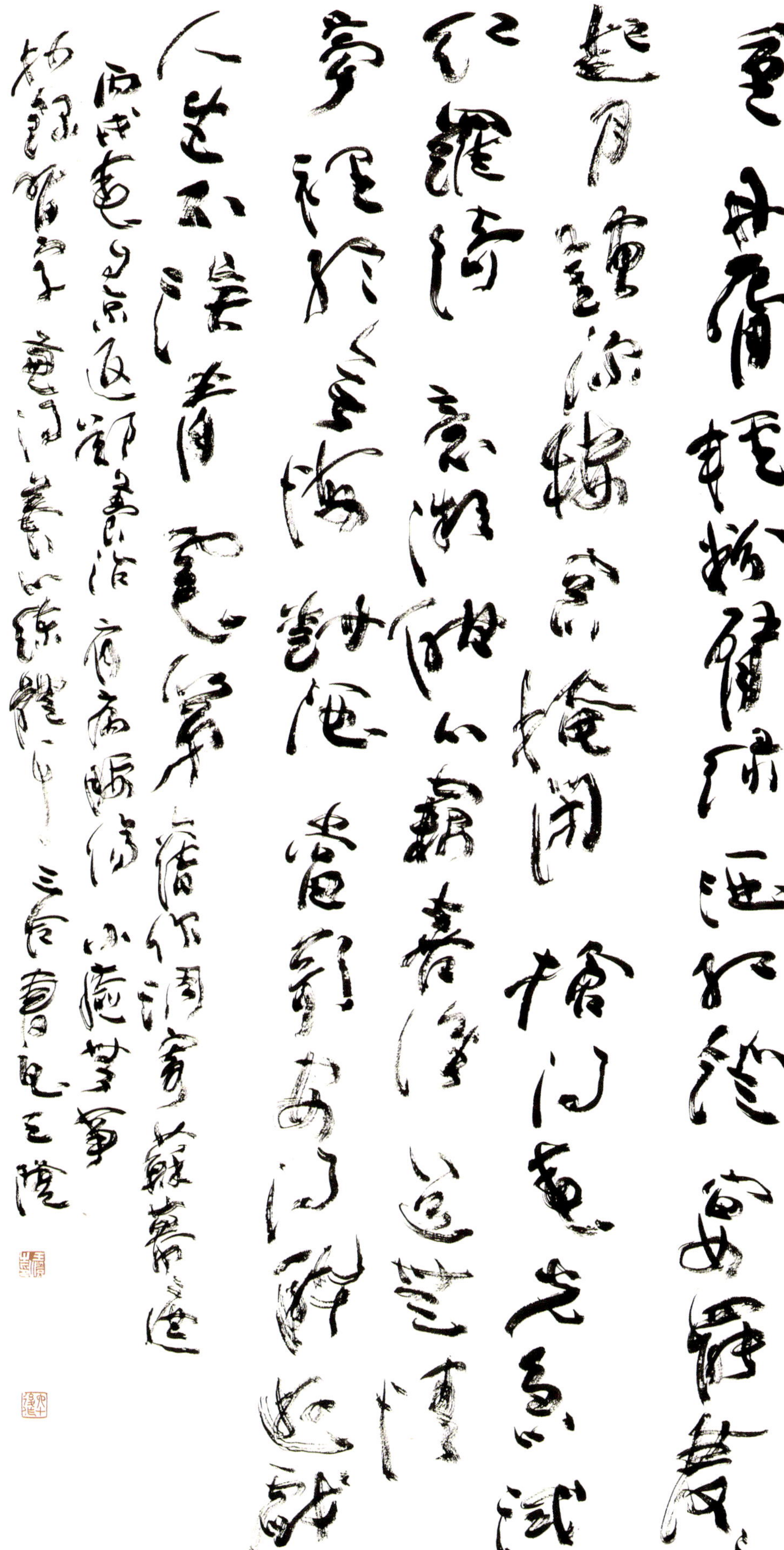

隨園詩話（節録）

紙本　2006年　68cm×78cm

釋文：（略）

款識：丙戌夏肩病腰傷見輕，乃返回京城。時值華北高温天氣，躲入小樓抄書習字，自覺清涼許多，亦快事耳。王澄并記。

鈐印：千秋（朱文），小天地（白文），敬事（白文），無法（白文），王澄私印（白文），三合書屋（朱文）。

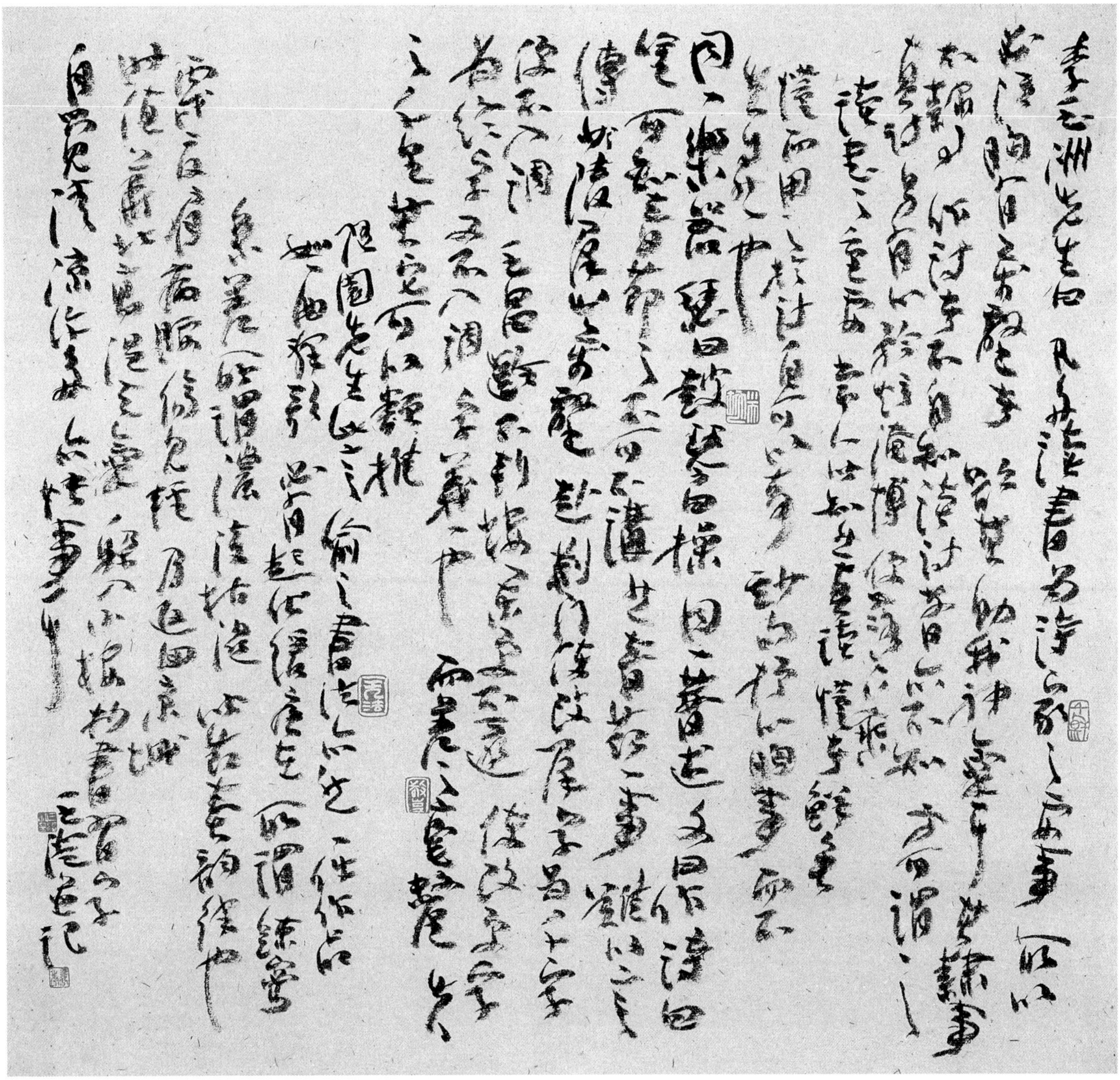

[illegible]

[illegible]

[illegible]人[illegible]

所圖[illegible]人[illegible]

[illegible]也

[illegible]

[illegible]安至五[illegible]不一日不[illegible]

如清[illegible]山之[illegible]

入閒毛[illegible]

[illegible]

自作詞 廣寒秋

紙本 2006年 68cm×138cm

釋文： 小泉日首，離經叛道，神社孤魂死守。居心叵測世相欺，更褻侮、邦交鄰友。 家仇國恨，傷痕未拂（撫），歷史豈能割剖。君看崛起大中華，待明日、摧枯拉朽。

款識： 調寄廣寒秋。仰山樓王澄。

鈐印： 王澄之印（白文），仰山樓（朱文）。

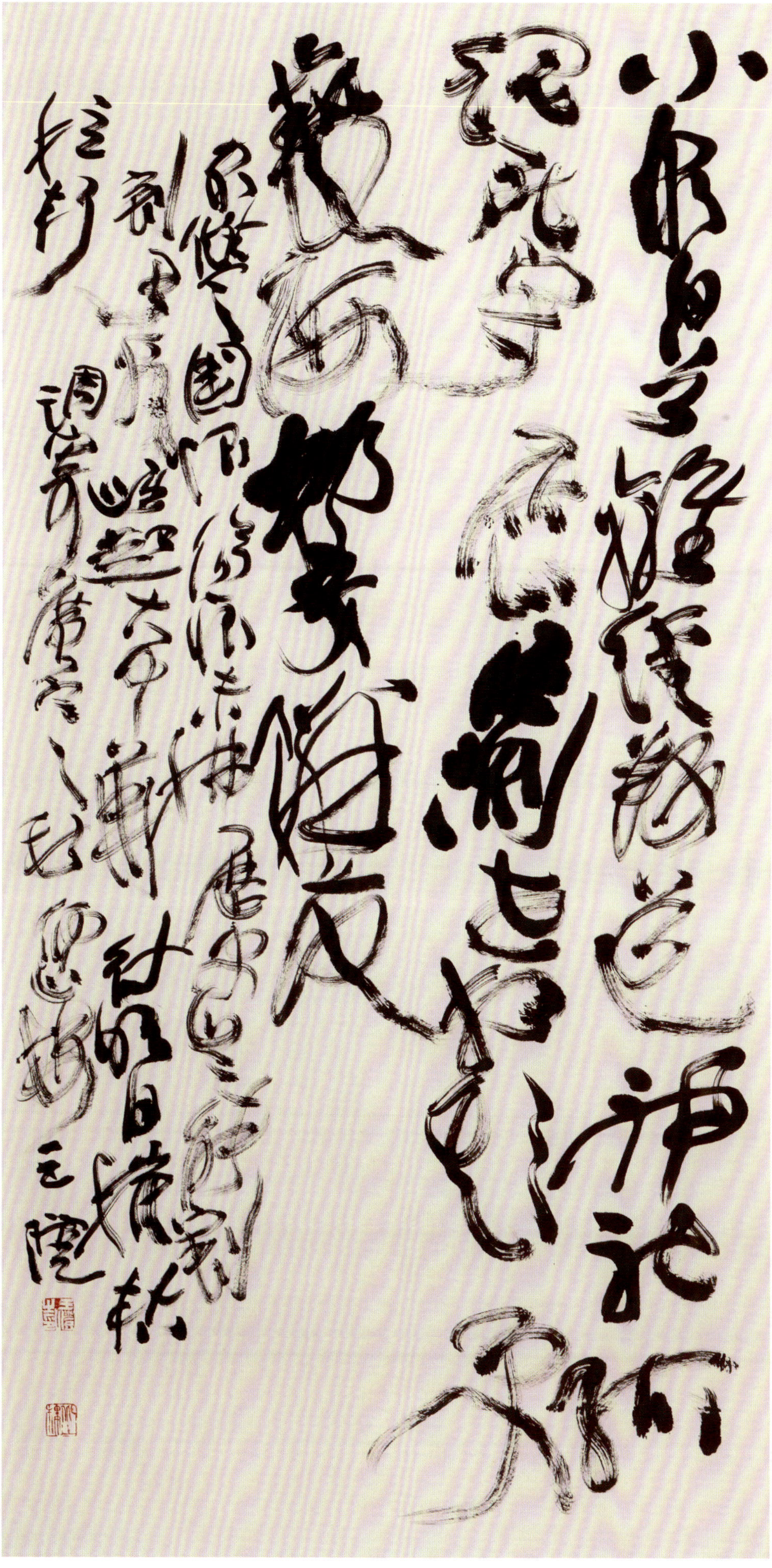

自作詞三首

紙本　2006年　42cm×44cm

釋文： 自由取捨，縱横捭闔，詭妙精嚴泠峻。丹青半紙復何求，蓋今古、無須詰問。　冗繁削盡，樸（璞）真歸返，正是山林隱遁。奇花怪鳥任含情，怎容得、幽懷孤忿。（廣寒秋・八大山人）

西苑花前，東籬雨後，半依苔石青梅瘦。形神造化出心源，飛毫濡墨天工就。　大度雍容，蒼渾樸厚，一人千古神奇手。而今畫意少文人，高山仰止難言右。（踏莎行・吴昌碩）

盡奇峰，勾腹稿。（移寫傳模）古法翻新妙。擯落筌蹄心境造，杳杳冥冥，趣出山隱（陰）道。　攝真魂，遺實貌。救墮扶偏意蘊臻堂奧。萬里山川縑素抱，筆墨丹青，還看賓虹老。（蘇幕遮・黄賓虹）

款識： 丙戌春録舊作三首，仰山樓王澄。

鈐印： 佛像印，童心（朱文），敬事（白文），半禪堂（白文），王澄之印（白文）。

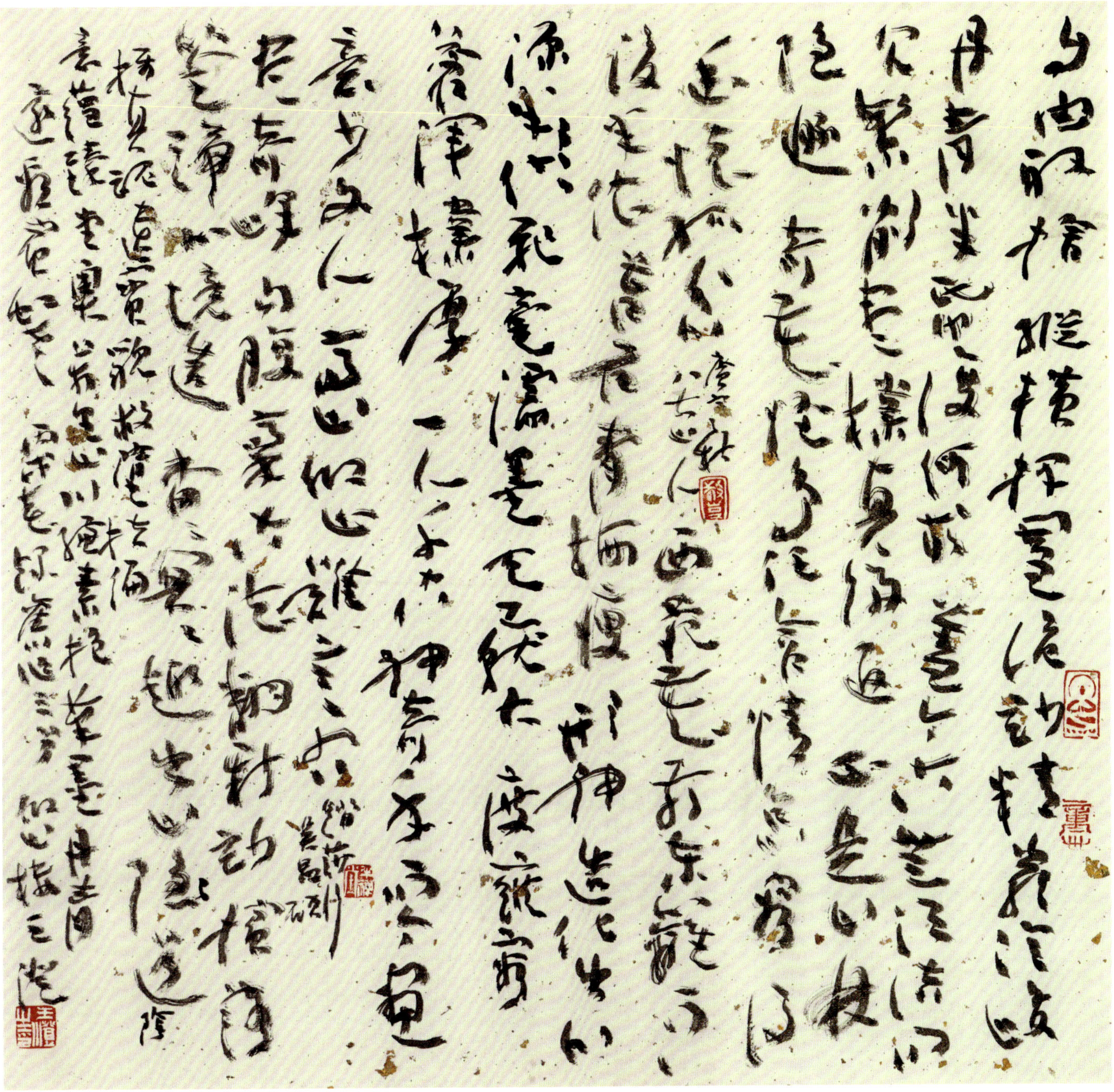

李白詩聯

紙本　2007年　40cm×180cm×2

釋文： 紅顏弃軒冕，白首卧松雲。

款識： 王澄。

鈐印： 王澄之印（白文），仰山樓（朱文）。

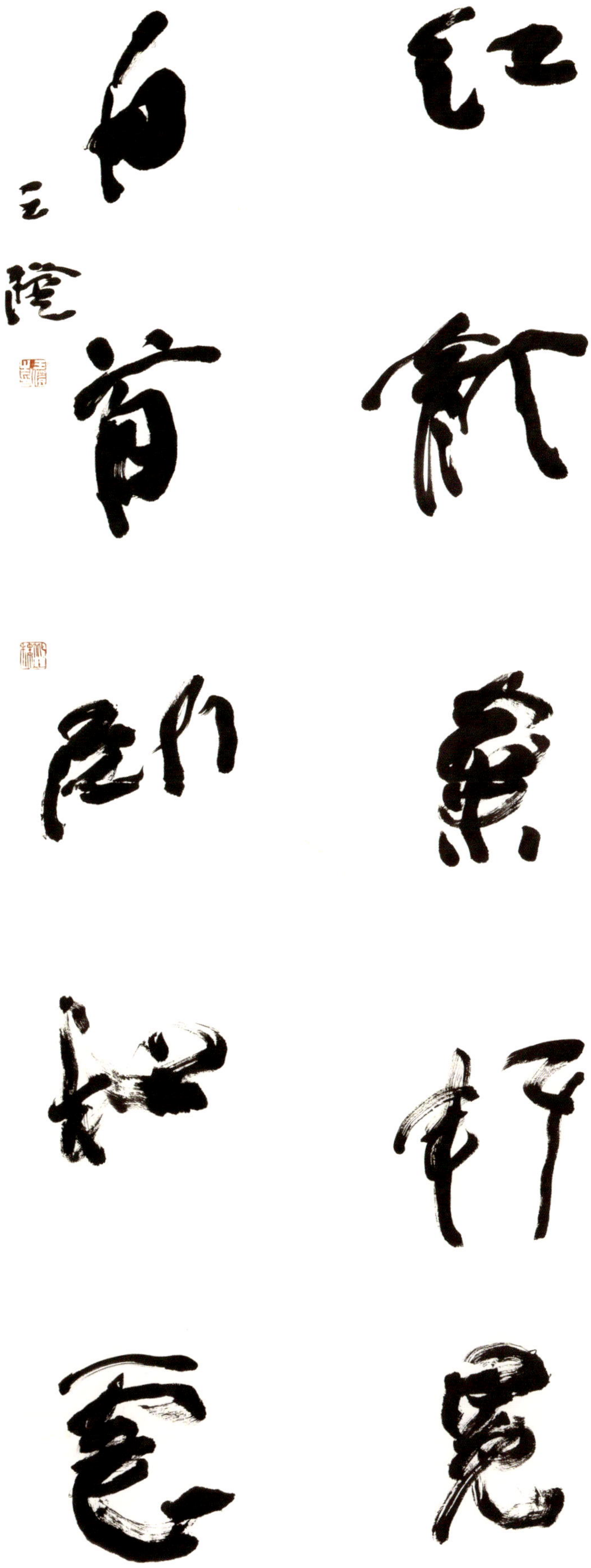

自作詞　少年游

紙本　2008年　61cm×137cm

釋文： 少時曾記，包公湖畔，情托小橋邊。今來何處，層漪斷續，相看是幽蓮。　且傍石欄參明月，摩鏡洗清泉。不見華塘搖香雨，心如水，去塵烟。

款識： 舊作調寄少年游。半禪堂王澄。

鈐印： 王澄之印（白文），六十後作（朱文）。

夕曛江色多湖暗情极小楼遥 今来
何事偏游如此境
远停衣袂东风月摩
免惜访桂荒三疋 忽水未尘如
唐师洞宫仙年也
先诗鉴是之院

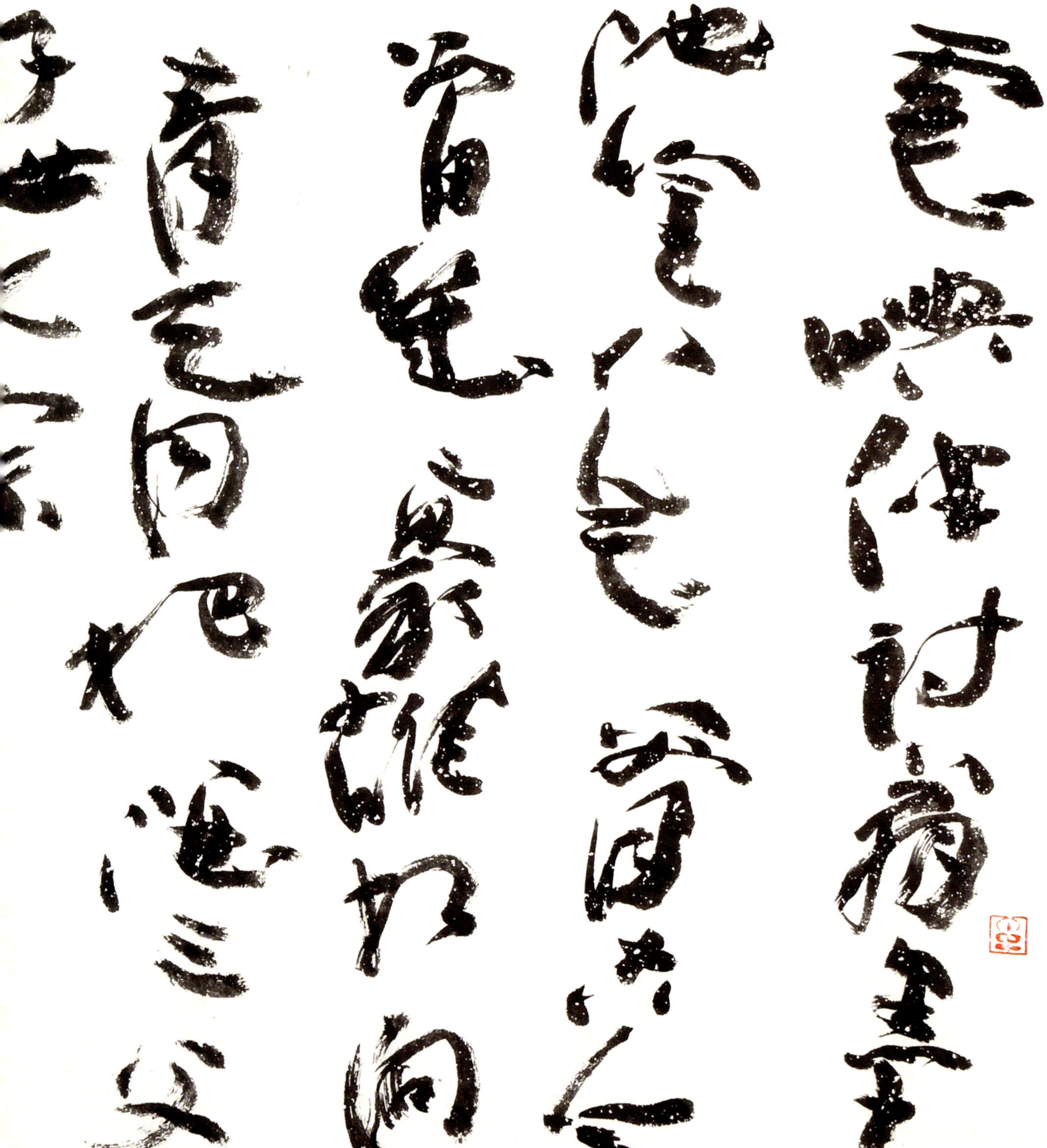

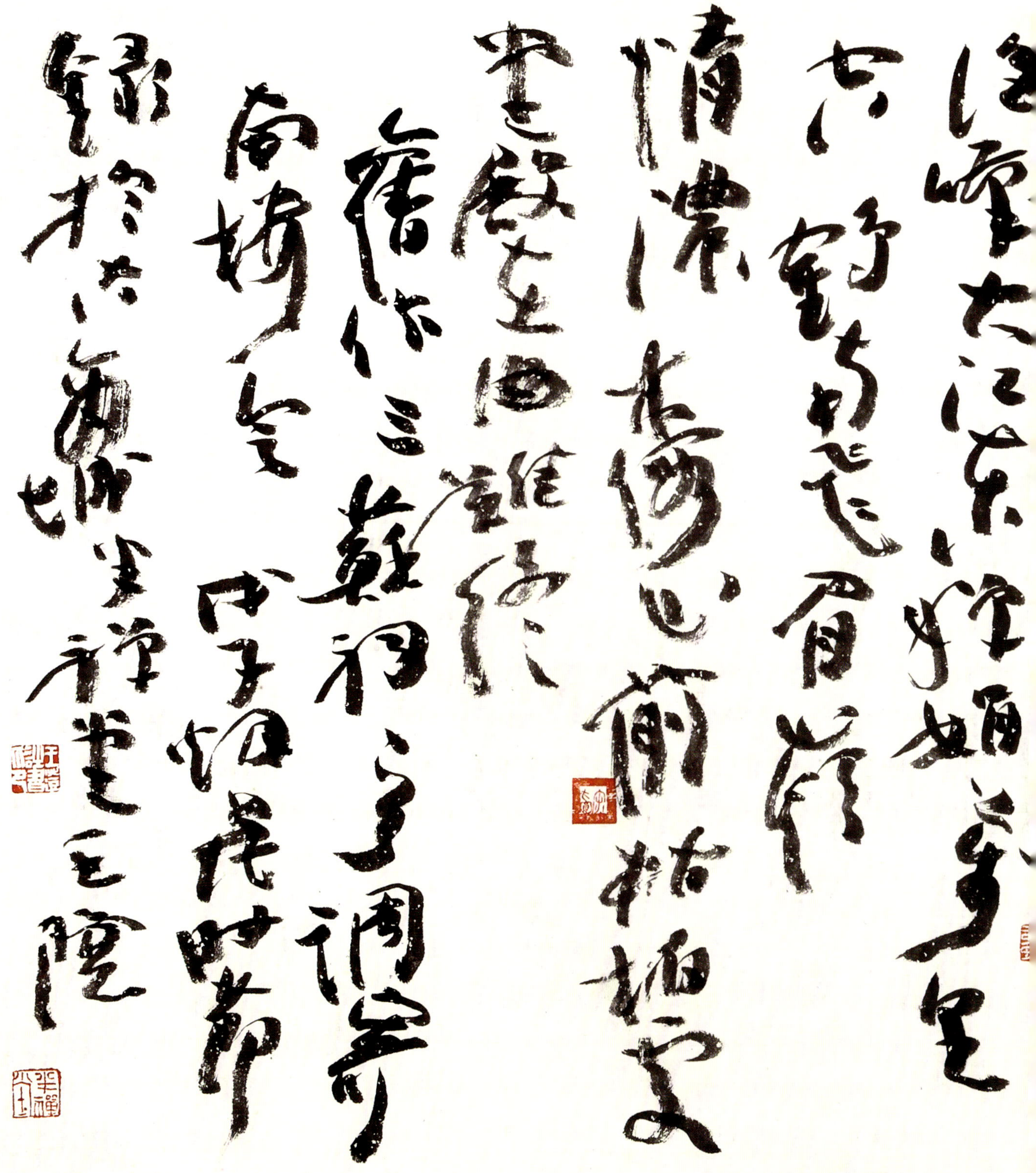

自作詞　南樓令

紙本　2008年

68cm×137cm

釋文： 雲嶼伴詩翁，墨池吟八風。看古今，曾幾豪雄。相嚮青天同把酒，三父子，世人宗。誰嘆大江東，嬋娟萬里空。鶴南飛，眉嶺情濃。木假山前枯柏處，堂殿在，曲難終。

款識： 舊作三蘇祠一首調寄南樓令。戊子烟花時節録於古商城，半禪堂王澄。

鈐印： 佛像印，山水壽（白文），守方圓（朱文），王澄詩書印（白文），半禪堂（朱文）。

袁中郎題陳山人山水卷（節録）

紙本　2008年　68cm×137cm

釋文：（略）

款識：中郎題陳山人山水卷。半禪堂王澄。

鈐印：千秋（朱文），半禪堂（朱文），王澄（白文），三合書屋（朱文）。

陳山人嗜山水者也 或曰山人非能嗜者也 古之嗜山水者 煙嵐與居 鹿豕與遊 衣女蘿而啜芳草 今山人之跡什九市廛 其於名勝 寓目而已 非真能嗜者也 余曰不然 善琴者不弦 善飲者不醉 善知山水者不巖棲而谷飲 孔子曰知者樂水 必溪澗而後知 是魚鱉皆哲士也 又曰仁者樂山 必巒壑而後仁 是猿猱皆至德也 唯於胸中之浩浩 與其至氣之突兀 足與山水敵 故相遇則深相得 縱終身不遇 而精神未嘗不往來也 是之謂真嗜也 若山人是也

昔有老學究攜一僮人入太行山 僮見道上碑字 讀曰大形山 老學究笑曰杭也 非行也 僮固爭久之 因曰前途遇識者 請質之 負者罰一貫錢 行數里 見一學究 揖童子也 書生因道問且告以故 學究曰大形是 僮大叫嘩之 所負錢 老先生不得已與之 然終不釋 既別去數十步 復返謂學究曰 向者以錢事 奈何錯謬如是 學究曰寧可輸一貫錢 若他僮子終身不識太行山 世間極有會嗜山人語至此 當捧腹一笑也

中郎題陳山人山水卷 王稚堂王隆

之迹什九示之覆世乎

言了善似者若之行又

先是當以方放去如

自中入若之云

所謂神未嘗不行
山僧見道以所學是讀
還還道要持鳴之人名
是以思者之疑學究回

自作詩　泛艇平湖

紙本　2008年　26cm×34cm

釋文：泛艇平湖自適然，白沙會我竹林賢。琴臺初識遲修道，棋譜閑敲好問禪。半架圖書留簟枕，一池水墨續庚年。老來尤眷個中趣，面壁東墻作硯田。

款識：戊子大端陽竹之日，諸賢棣會聚白沙湖畔，賀我六四生日并以古琴相贈，因有小詩寄懷。王澄記之。

鈐印：千秋（朱文），半禪堂（白文），王澄（朱文）。

戊子大暑之日書白居易詩
於留雲軒
回看小沼寒
泉有心過寄懷
逕流自流自適
竹林寒 葉疏雲透疎
語來寂如旅 光隙閒伏密
枕池水墨
青苔閒中趣
西壁之東牆下祝田
王陸記

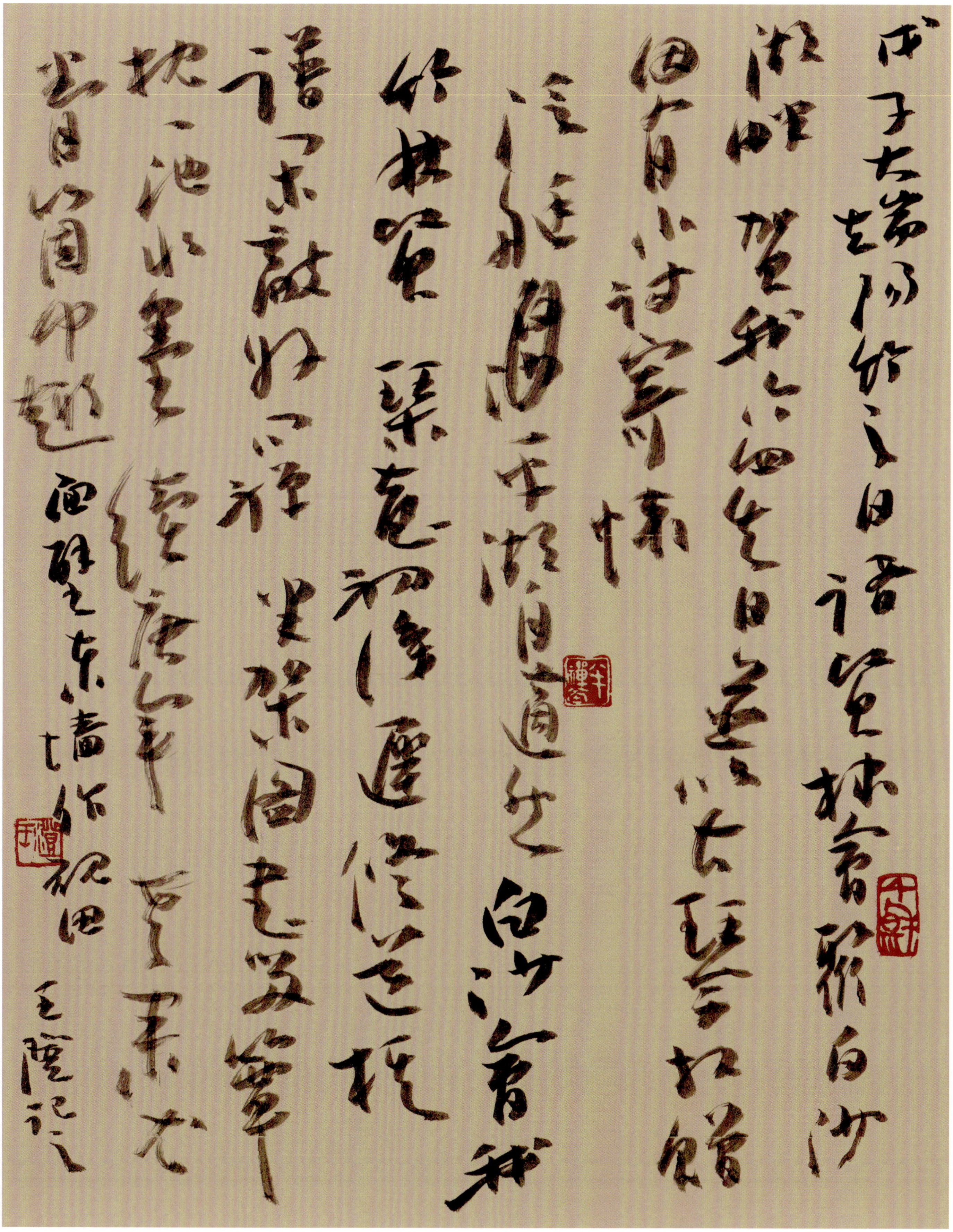

自作詞　江城子

紙本　2008年　69cm×138cm

釋文：分明造化轉仙寰，九霄摶，碧虛寒，水下嬋宮，天上映龍淵。尤見戈嫫情未了，長相守，不知年。　神山聖水豈非緣，有無間，此中看，且作山鄰，幻境也超然。一縷新泉隨浪去，芳草海，細漪連。

款識：戊子録舊作九寨溝，調寄江城子。半禪堂王澄。

鈐印：王澄之印（白文）。

孔明造作諸心臺，九霄搏雲五丈安。
好心至，三更龍潛在見，戈戈情未了。
長想守，不忘手，神心空水峯州像有。
有無間此中看見，心路不是也。
超也，應應心。

錄新东坡心經　丁亥涛　酮客心在城子筝祥生之院

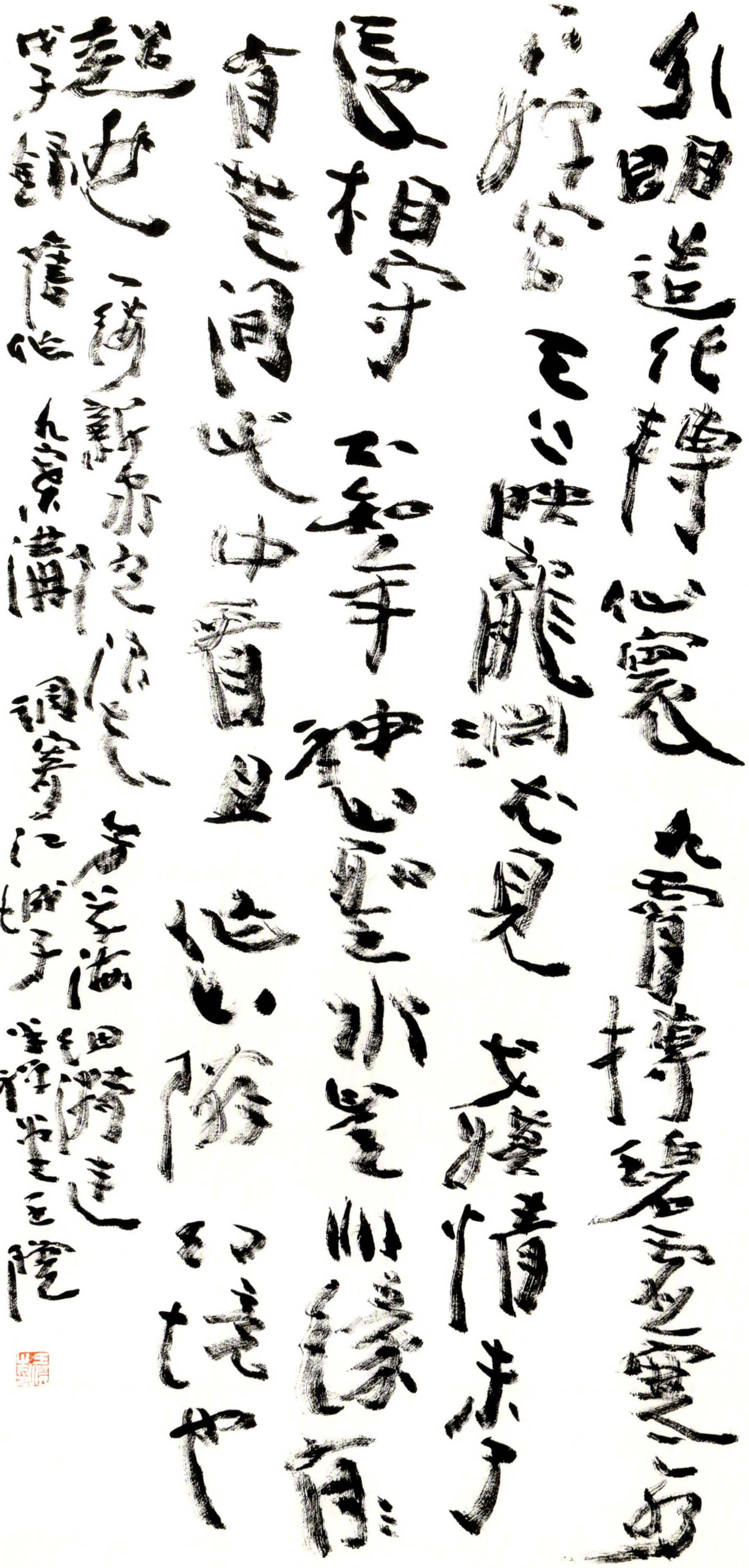

大唐故右武卫六品
志者之官者不知何
許人也 壹以良
家子選也 後官

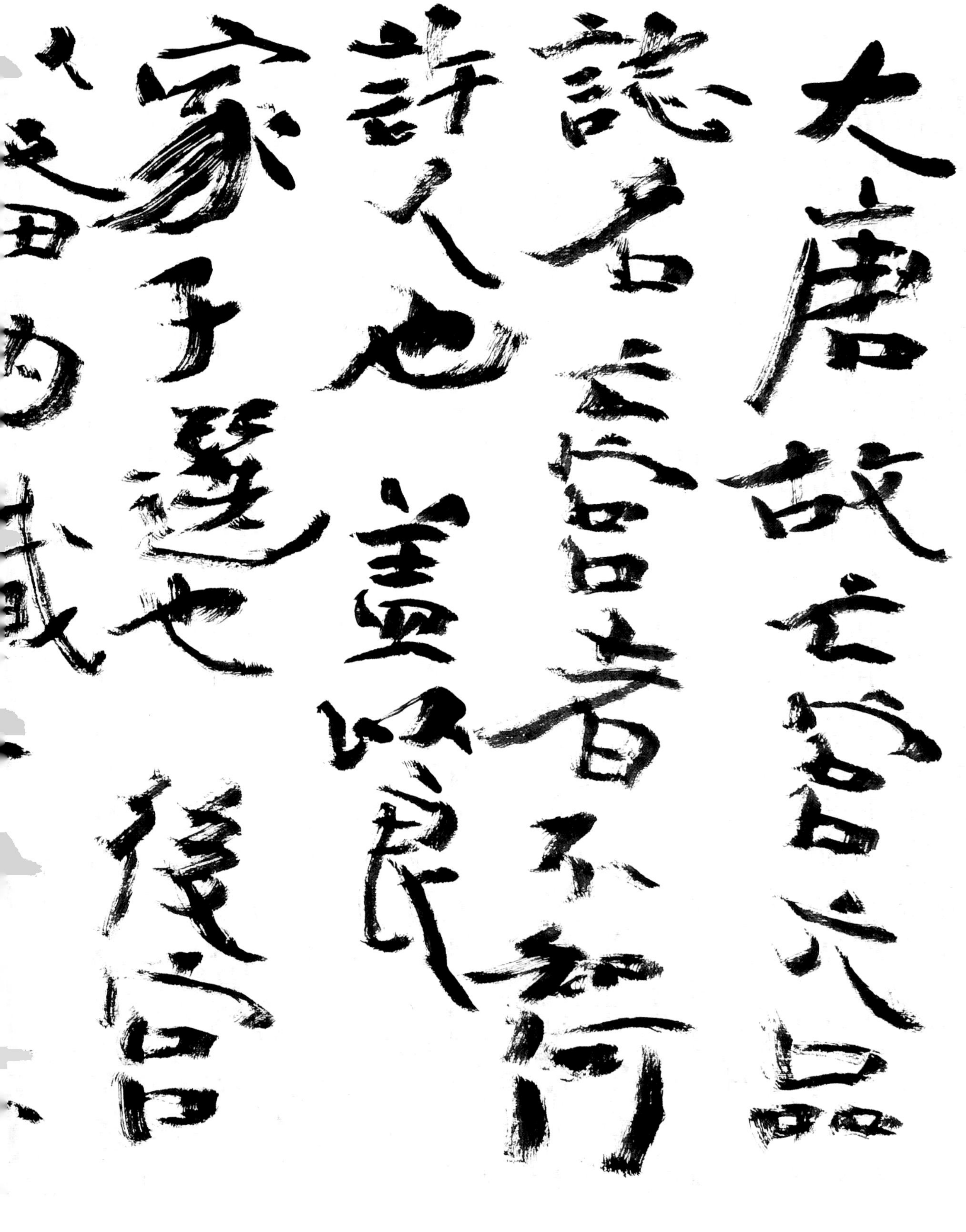

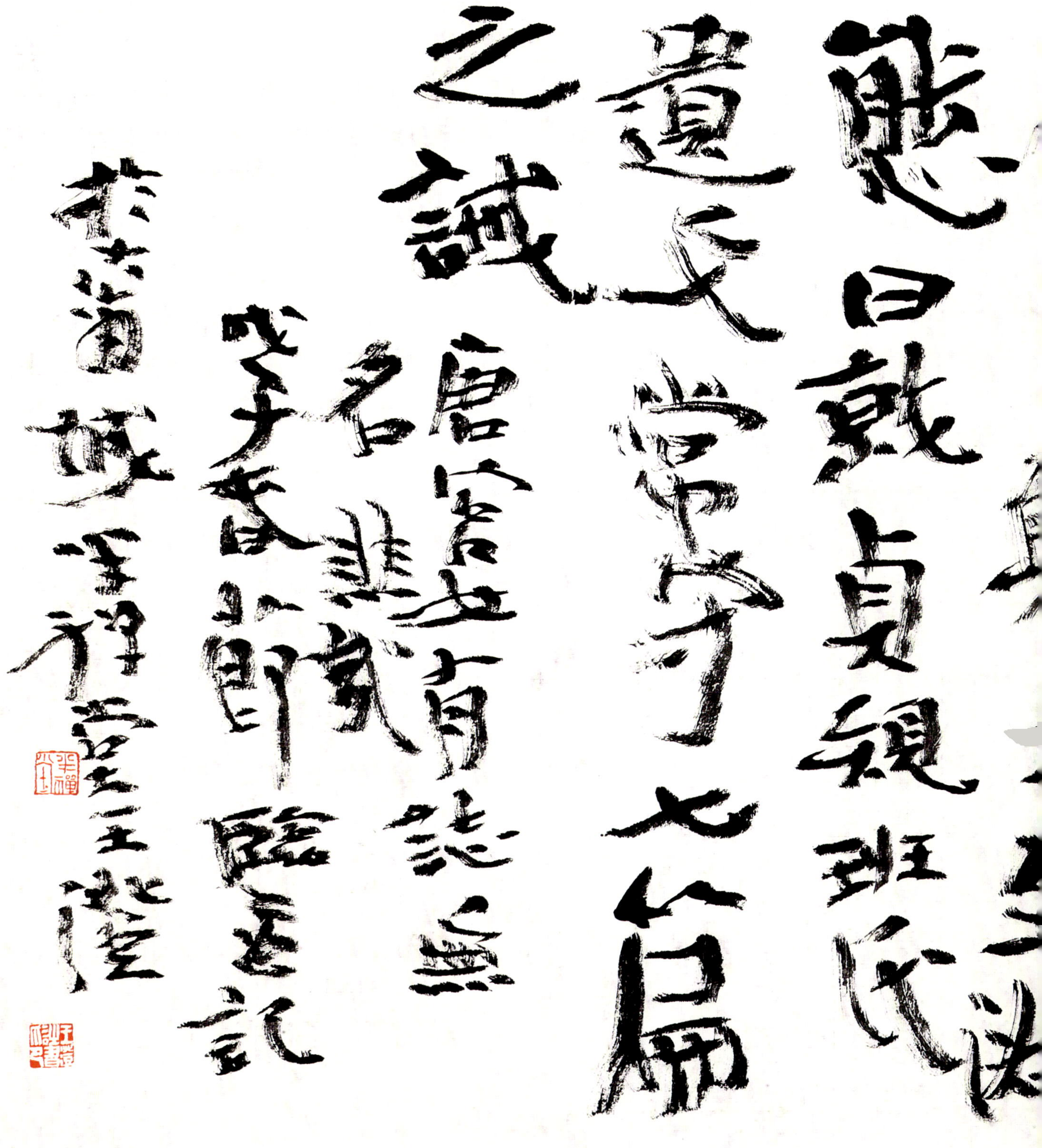

節臨唐宮女志

紙本　2008年

68cm×135cm

釋文：（略）

款識：唐宮女有志無名，悲哉。戊子春節臨并記於古商城，半禪堂王澄。

鈐印：半禪堂（朱文），王澄詩書印（白文）。

自作詩　步應輝兄

紙本　2008年　56cm×138cm

釋文：青燈孤影，斷碣殘碑。三千廢紙，初得毛錐。相從公事，鶴立鵠飛。同人相敬，國粹恢恢。感時曾幾，位計尊卑。沽名釣譽，鼠竊狗賊。良知何價？藝品何爲？識者疾首，仁者思歸。洗清筆硯，半掩屏帷。傍依五柳，遁迹柴扉。解憂惟此，賢古可追；解憂惟此，書畫通逵；解憂惟此，兄弟相隨。

款識：舊作步應輝兄一首。書法院首次田野考察後。王澄。

鈐印：王澄之印（白文），半禪堂（朱文）。

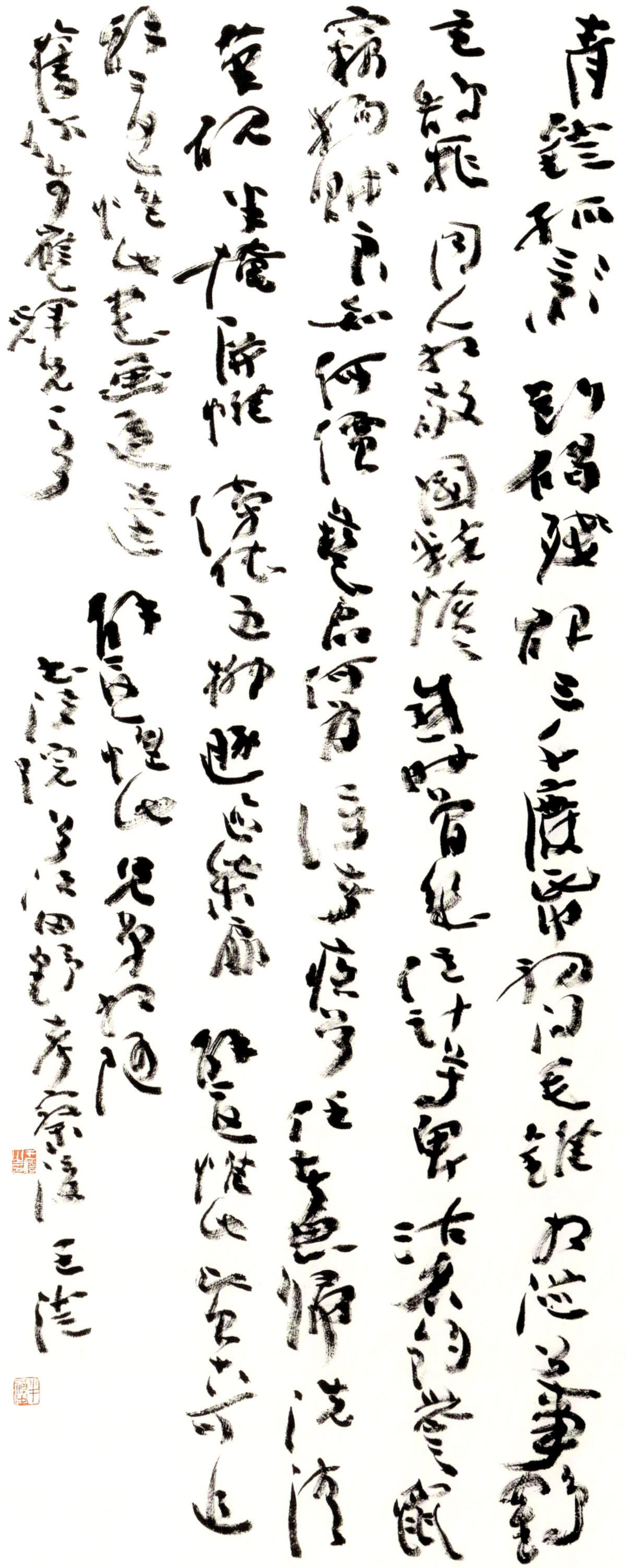

自作詩　天地共

紙本　2008年　26cm×34cm

釋文： 幾處山家幾處僧，清幽溪水自幽情。欲來復去卿雲捲，似有却無踈雨聲。消得陰陽天地共，安知冷暖畫圖更。栖身市井非余志，祇借丹青寄此生。

款識： 余近日作山水八尺四屏，擬補壁畫室。是詩每屏兩句題之，亦頗自得，王澄并記之。

鈐印： 千秋（朱文），王澄（朱文）。

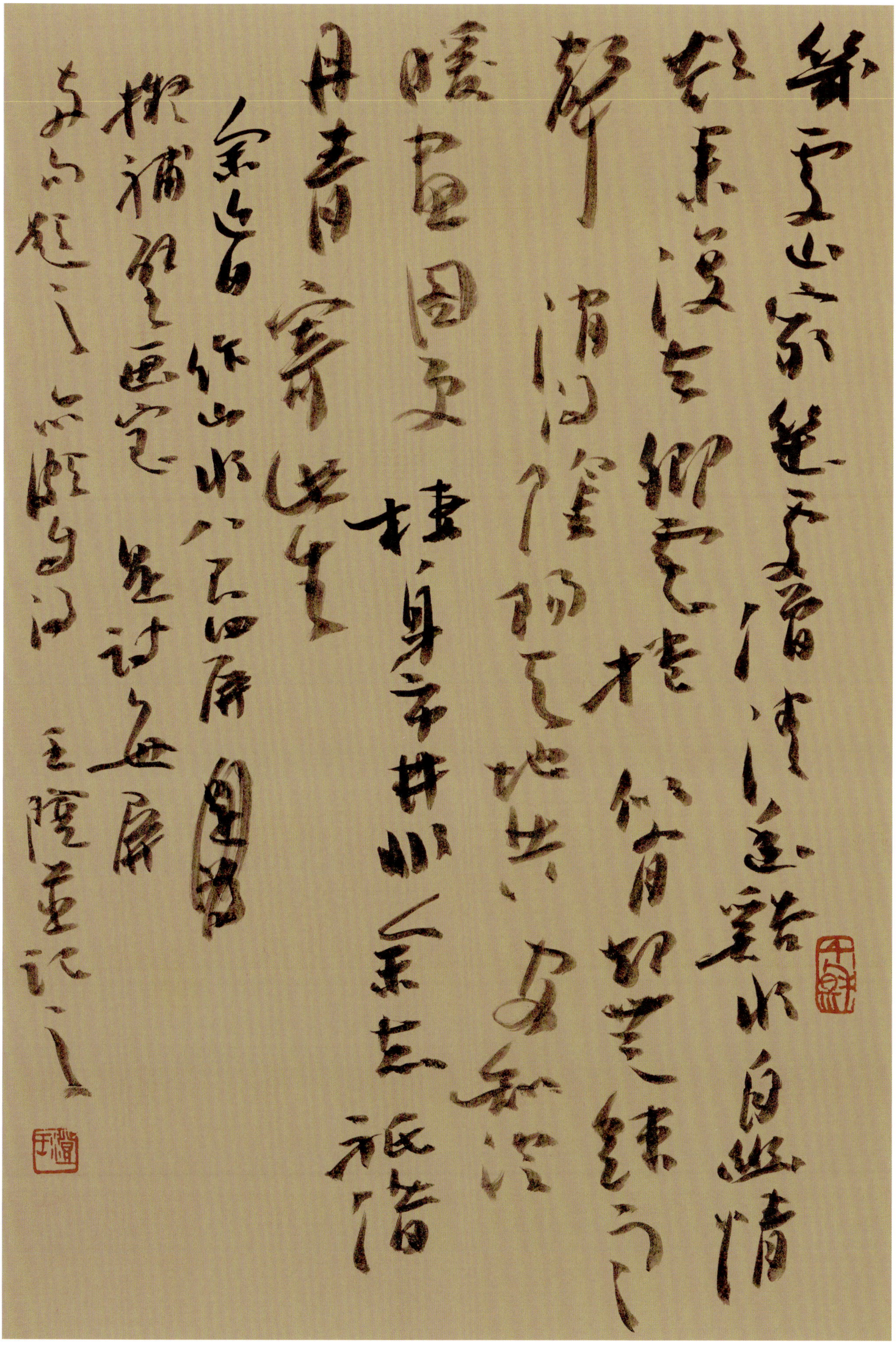

自作詩詞四首

紙本　2009年　直徑 68cm

釋文： 春陵義舉角弓鳴，朝野輪回幾度爭。漢室中興天道立，蒼生共濟大河平。殘碑未盡前朝事，血柏竟融今日情。緑瓦紅墻誰解味，側身青史辟邪横。北邙山下紫雲生，細雨輕風沐帝陵。漢木新枝堪佐史，黄河故道亦碑銘。古原最憶中興事，石闕當知楝柏情。滿苑奇香多逸隱，恐將别夢散都城。（謁漢光武帝陵二首。原陵附近出土之辟邪高兩米，長三米，乃漢代最大石辟邪。陵内有苦楝柏，爲兩樹合一，楝入柏懷，同根生長，頗罕見。當地人喻指光武帝與陰皇后之忠貞愛情。）

隔窗雨打新樓，夏如秋，幾點西山、回看暮雲留。　客游倦，歸思亂，是鄉愁。世事塵緣，情字幾時休？　　夢回故里如真，會同人，别緒離情、携手話頻頻。歲華變，重歡宴，意尤淳。共勉來時，當永據於仁。（憶真妃二首。余花甲之時正寓居北京，學棣們欲到京祝賀生日，余婉言謝絶，情思却難放下，因有此調寄之。）

款識： 己丑如月沐浴之日錄應中國書法院翰墨千秋大展，時在中原古玩城創作基地，夷門王澄。

鈐印： 佛像印，小天地（白文），半禪堂（朱文），花甲學書（朱文），千秋（朱文），王澄（朱文）。

春陵義舉、用千鳴朝野，輪囷幾度爭漢室，中興天遣主持籌。生涯寥落河平，殘碣未語前朝事，且相憶。融入今日情，綠瓦紅牆誰解味，側身青史碑邪橫。比郡山下紫雲生，細雨輕風沐舂陵，漢水新枝堪佐史。黃河故道共碑銘，古壺寂憶中興事，石關當知棟梁情滿。龍韜香影逐特別夢散郡城。謁陵況去高陵多，原陵伯仲見雄姿相為東相如子相。七三志乃運紀鄉，同根是長。後宴客人豆蔬蕪。歸寬而村有樓奧如椒，幾點西山回看暮雲留客，遊勝歸。思高義郎愁世事舊情，字跡故里如真會。同人知昔雜情攜手話，歲華變重寫宴意先淳其效。東時當永憶于仁歲次甲戌秋花北京宇林倒於到京歡祝皆日余將返廖神祐情思記離別。三更如月法洛之自綠痕中國世紀完紙筆不放書廣時玩之剜休基地書八王 瞿中原

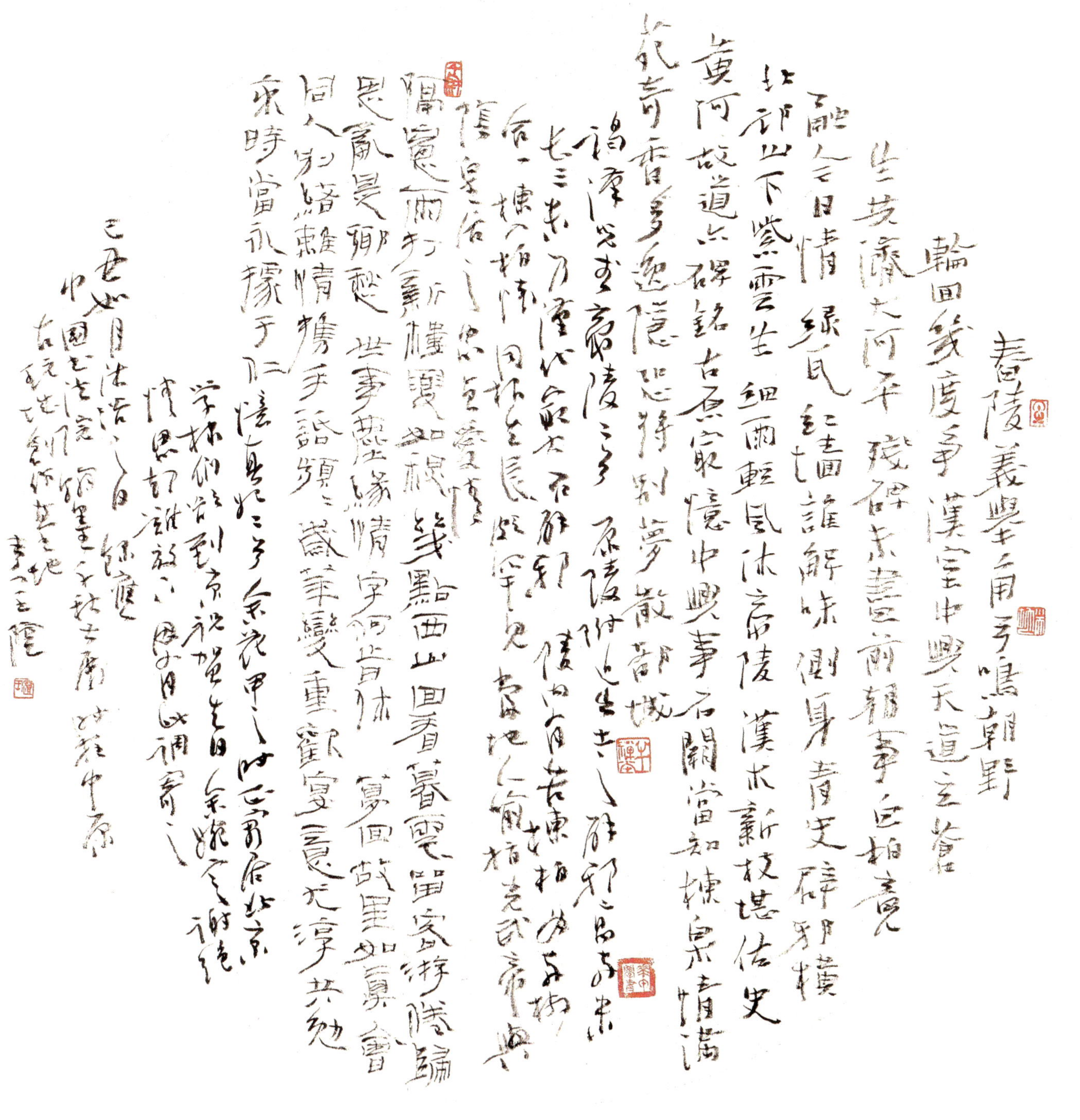

王澄書畫展自序

紙本　2009年　68cm×137cm

釋文： 水、冰零度界致，而其性不變。青藤居士《半禪庵記》有云：『人身具諸佛性，譬如海水；結諸業習，譬如海冰。當其水時，一水而已，安得有冰？及其冰時，雖則成冰，水性不滅。』余時而如水，時而似冰，環境使然，多不由己，然無論水冰，天性未改也。

水無形，而置容器中則不得不隨其形，打破容器便自然流淌。冰有形，給予溫度則化爲水，即使點點滴滴，也是自然狀態。天性不改，而又處世自然，甚是難爲，却是余之嚮往。寫寫畫畫乃平生所好，情之所至，塗些作品，也是自然。衹是做此展覽，并非初衷，如水置於容器，無可奈何，却有緣分在。金秋美術館之盛情、周圍朋友之執意，又如給我溫度，將頑冰融化了不少。於是，便有了這半自然狀態下的『認真創作』，而書畫還是認真些好。至於作品，水耶？冰乎？自覺難以道明，望識者教我。

款識： 王澄自序書畫展。

鈐印： 淡月疏桐（白文），何如夢蝶（白文），不與人同（朱文），半禪堂主（朱文），王澄之印（白文）。

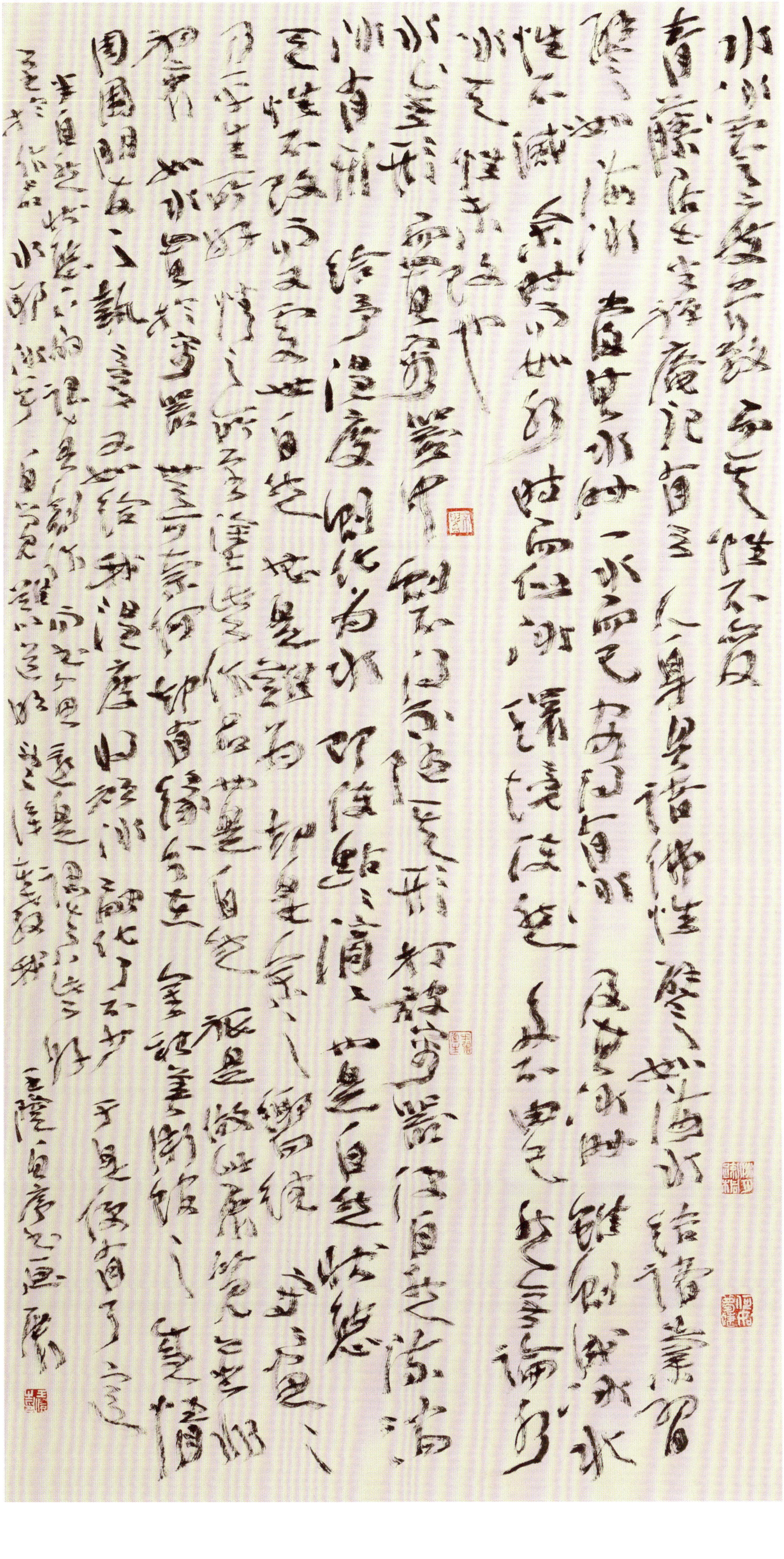

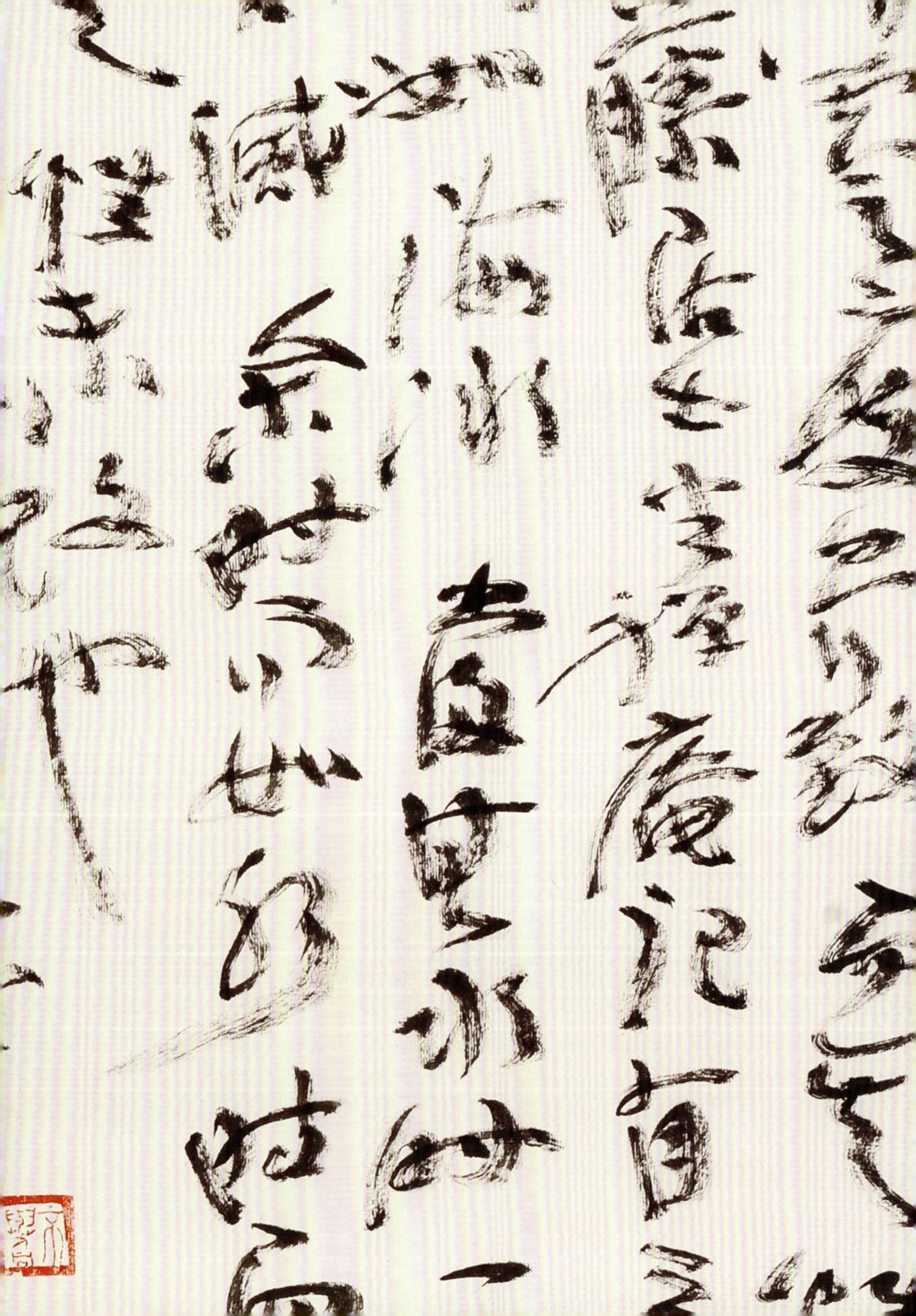

白作春聯

紙本　2009 年　90cm × 180cm

釋文： 半池雅懷，待我移來宣州竹；三杯春意，與君消得玉壺冰。幾度冬寒，有誰常念雙紅豆；又逢春暖，獨我不忘一剪梅。（宣州竹、玉壺冰、雙紅豆、一剪梅，皆詞牌名。）　花窗素案，誰送悠悠琴韵；窗前净翰清池，我搏漫漫書香。　池畔臘梅，三徑霜冰多自在；新竹，四時風雨奈我何。

款識： 中原古玩城頂樓平臺，新建畫室數間，很是開闊，房前花池移入梅竹，更覺宜人。適逢春節將至遂撰聯句數副，分送諸道友亦雅事也。己丑新正登高之日，半禪堂王澄選抄并記。

鈐印： 佛像印，道者不處（朱文），不與人同（朱文），淡月疏桐（白文），王澄之印（白文），半禪堂主（朱文）。

花溪怀傅盛移家宜州竹三径春且意与君消復垂意人坚庭又三寒人有谁家念钟红豆又重意甘暖人遍地不忘一剪痕宜州仃之芳芳笺一剪梅绕经柴颜头笔窗素紫翰清池武樽净静书香又多自主闲前柬竹四畴忍島廉池畔腾梅三径飘

（落款小字略）

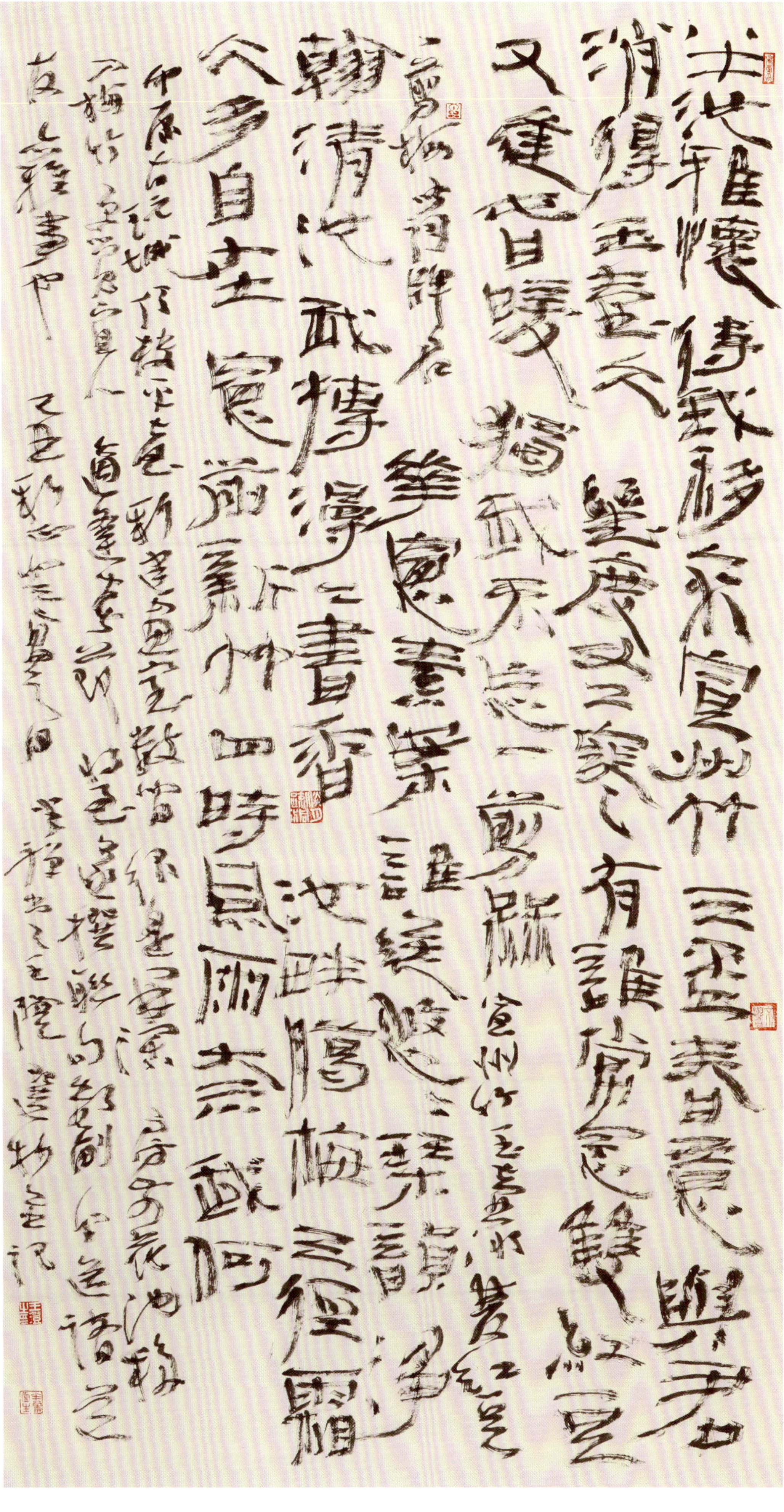

自作聯

紙本　2010年　34cm×138cm×2

釋文： 知進退，守方圓。

款識： 余舊作有句：樂道無時知進退，安居浄念守方圓。春茶醴酒花間語，莫笑虚空半坐禪。後句曾作：深樓畫壁悠閑事，斯若虚空半坐禪。所指不同，意在自省耳，亦是此一時彼一時，感悟不同，因緣自在也！今重録之，似覺意猶未盡也。庚寅上秋，半禪堂王澄并記之。

鈐印： 王澄詩書印（白文），半禪堂（朱文）。

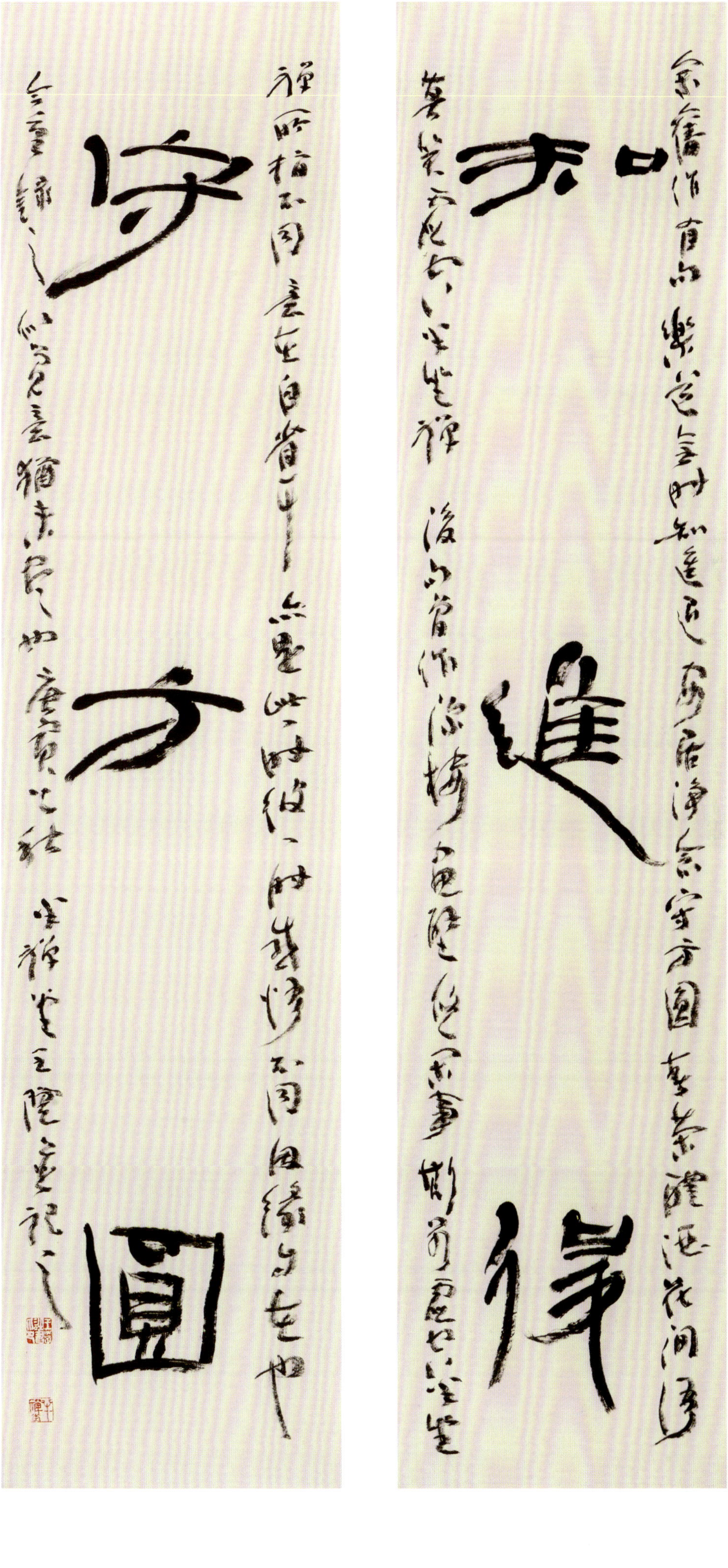

自作詞　好事近

紙本　2010年　68cm×138cm

釋文： 薄霧隱高枝，半透淡花殘迹。留取一窗清影，歲盡堪憐惜。莫言往事莫言愁，安得四時移。相待化開春凍，看小園澄碧。

款識： 舊作好事近一首。時三年前寫在鄭東新區，庚寅上秋重録於中原古玩城。半禪堂王澄。

鈐印： 守方圓（朱文），王澄詩書印（白文），半禪堂（朱文）。

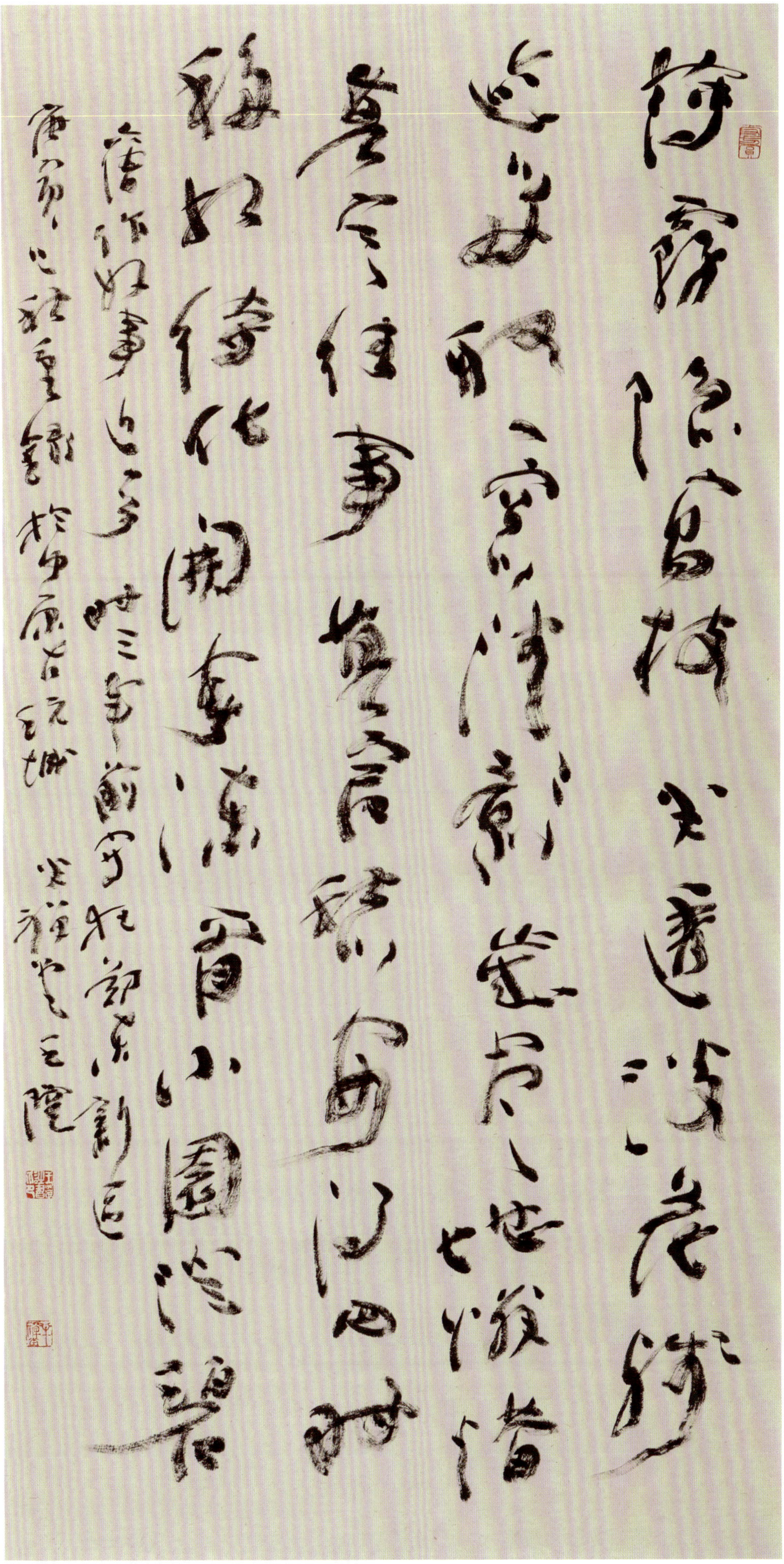

自作詩　獨憐

紙本　2010年　34cm×137cm

釋文：嘉木單株畫室偏，孤芳自賞也堪憐。主人別有惜春意，不見花開郭外田。

款識：舊作獨憐一首。半禪堂王澄。

鈐印：守方圓（朱文），王澄之印（白文），半禪堂（朱文）。

嘉木株埀宅偏
地懐主人别有情
郭外田

唐代柳宗元詩
太玄題

花開

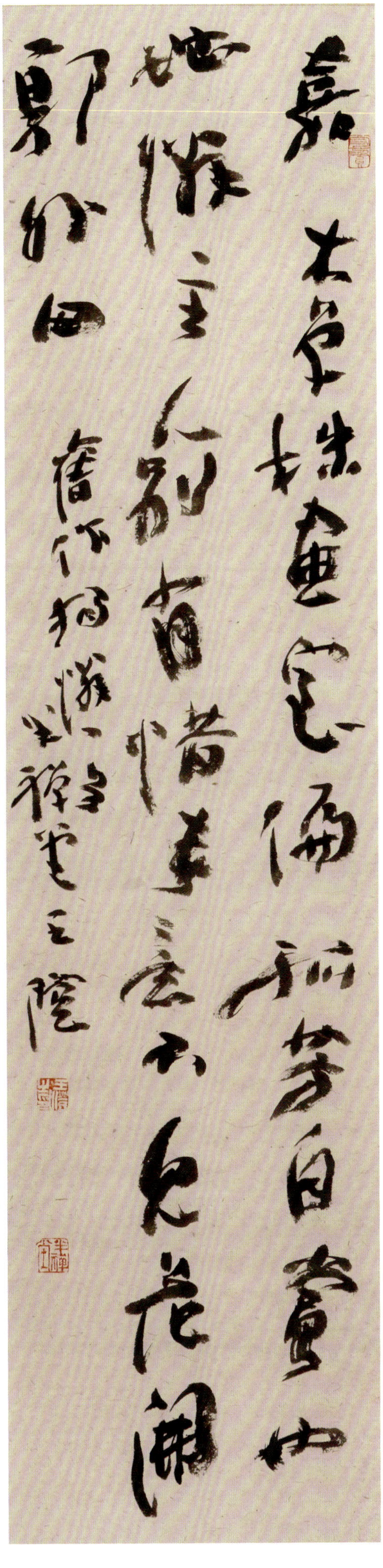

自作詩　六一初度

紙本　2010年　34cm×137cm

釋文： 歲月蹉跎又一年，悵然五柳籠塵烟。平生未懂人間事，衹把心情寫素箋。

款識： 舊作六一初度。半禪堂王澄。

鈐印： 半禪堂（朱文），王澄詩書印（白文）。

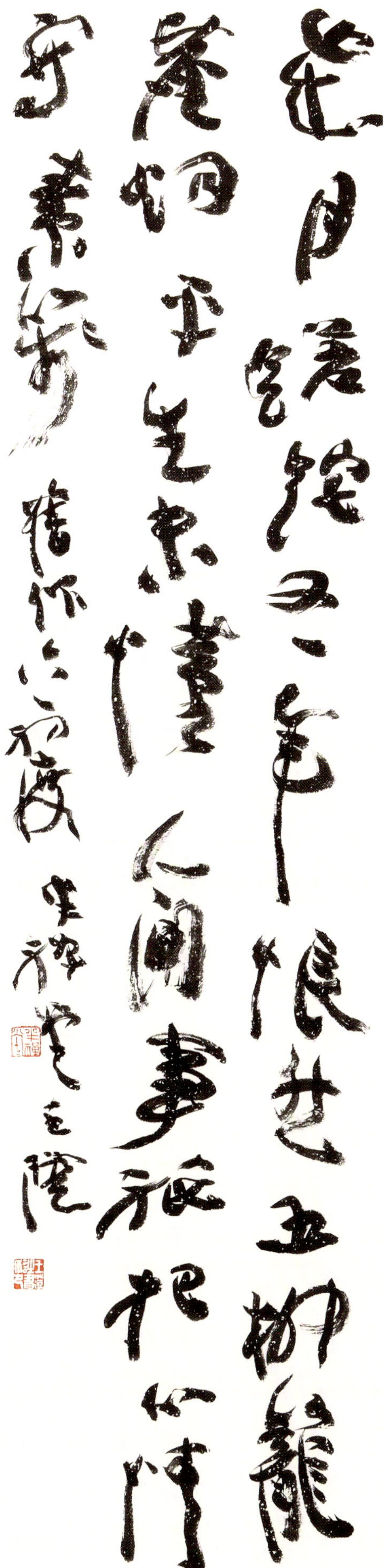

自作詞　南樓令

紙本　2010年　68cm×138cm

釋文：千古白狼津，蠻夷未忍分。樂三章、歸義盟文。玉璧金川天意合，茶馬道，納西人。　黑白水河親，四方街巷堙。舊瓦房、輕喚東鄰。最憶束河尋小鎮，年少女，古風淳。

款識：舊作麗江一首，調寄南樓令。白狼即麗江，東漢有『白狼王歌』三章，記南夷歸化事。庚寅，王澄。

鈐印：守方圓（朱文），王澄詩書印（白文），半禪堂（朱文）。

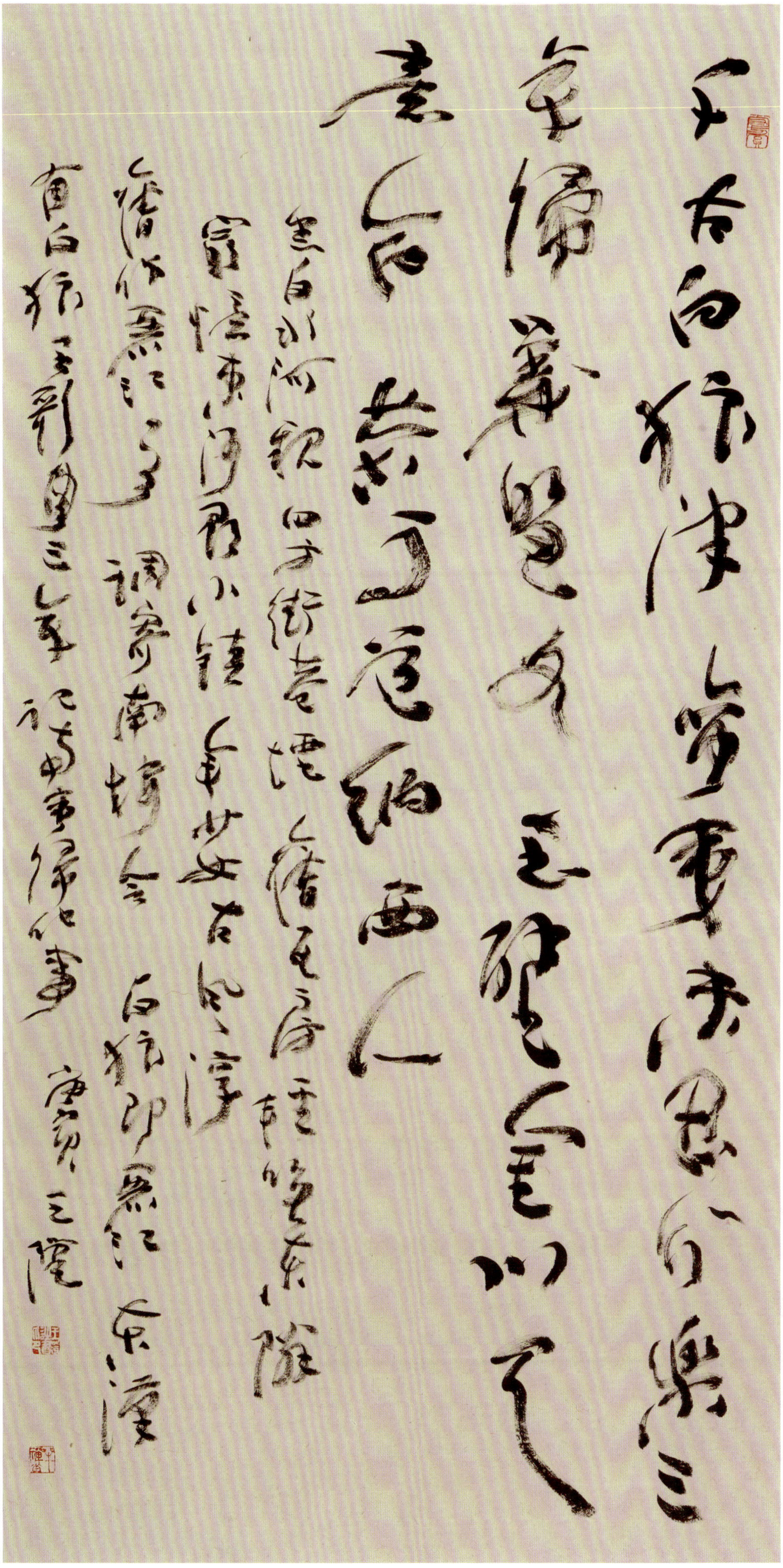

自作詞　渡江雲

紙本　2010年　90cm×180cm

釋文： 滄桑成故史，夢華蕩盡，千載復何來。嘆中原逐鹿，賊寇王侯，哪個不塵埃。夷門俠士，信陵君，安會蓬萊？祇剩下、三賢聚處，好個古吹臺。

如埋。陳橋兵變，易幟更新，念趙祠猶在。楊湖清，州橋春暖，國寺雲開。幾曾燈火樊樓上，靖康難，烟雨頃回。俱往矣，浮空漫漫無涯。

款識： 汴京一首，調寄渡江雲。庚寅春，録在古商城，半禪堂王澄。

鈐印： 守方圓（朱文），王澄之印（白文），半禪堂（朱文）。

滄溟成故宅、萬里海河東瀛中、廣運庶、俄寇之後郦筒不蓬海、書口佳士作陵五百官蓬萊狠膝八三宮擬好酒大江流世埋陔塘兵發鳥職安新羽翼至秋湖清州塘至暖園寺宛墮憑歲校心諸原雜如今江湖洪徒矣浮以净、芸涯

汪原文詩會彼江寧庚頁廣陵玄徐至於句誡里懷也王陛

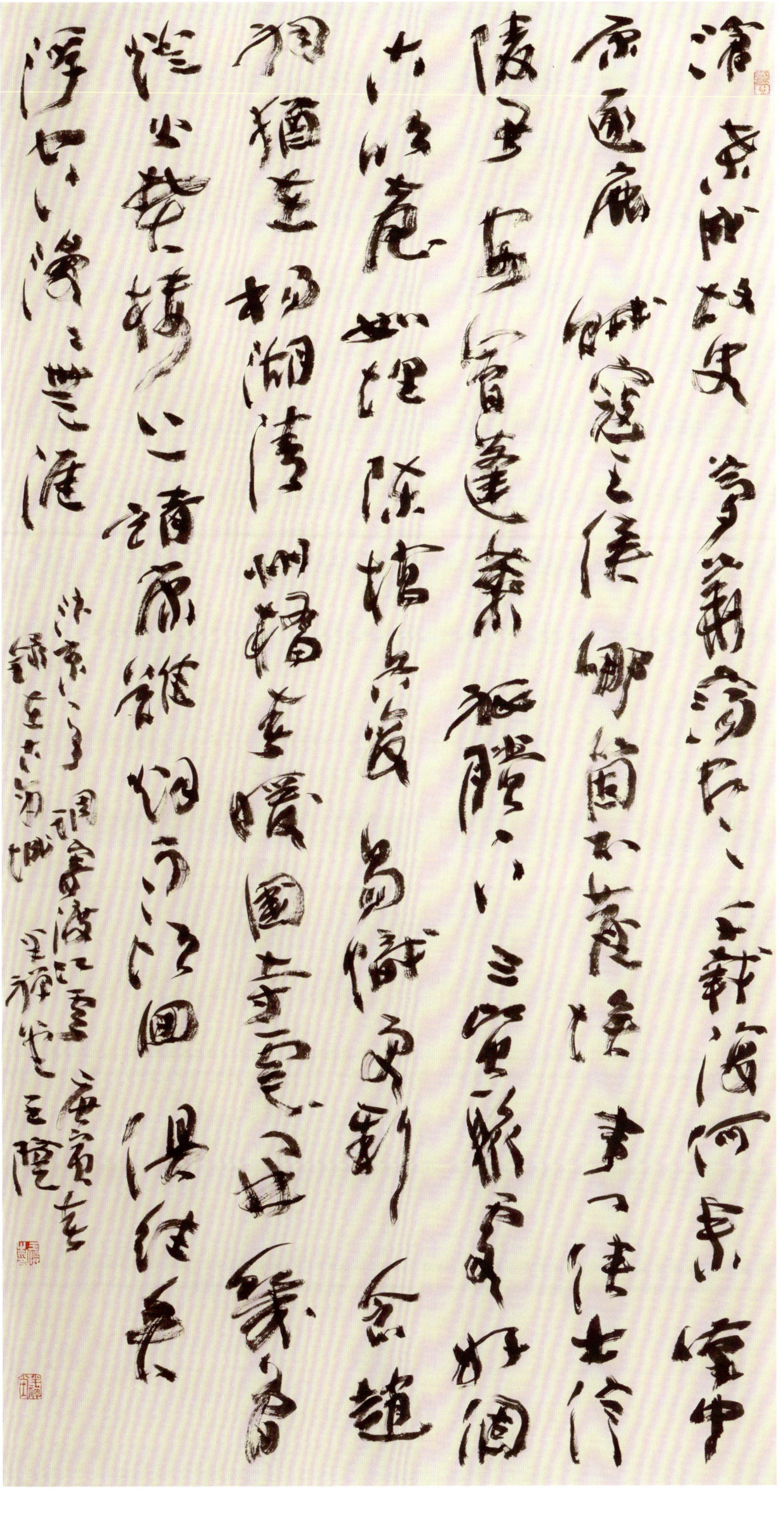

雨窗寂無事，百首如一手，濯而首脫然無一事，孤懷忽如春，蘭亭有附身，題壁何校中小齒序牙家無

一生不開字，不識樂民然，之意元至世，于交山斯文姜，伏八白念六石，詩七復

文命石閭非，之城旬崖心楷，齒灑之，左墨披髮數何，禿永石之有為，儒壹難經有來身蘭達

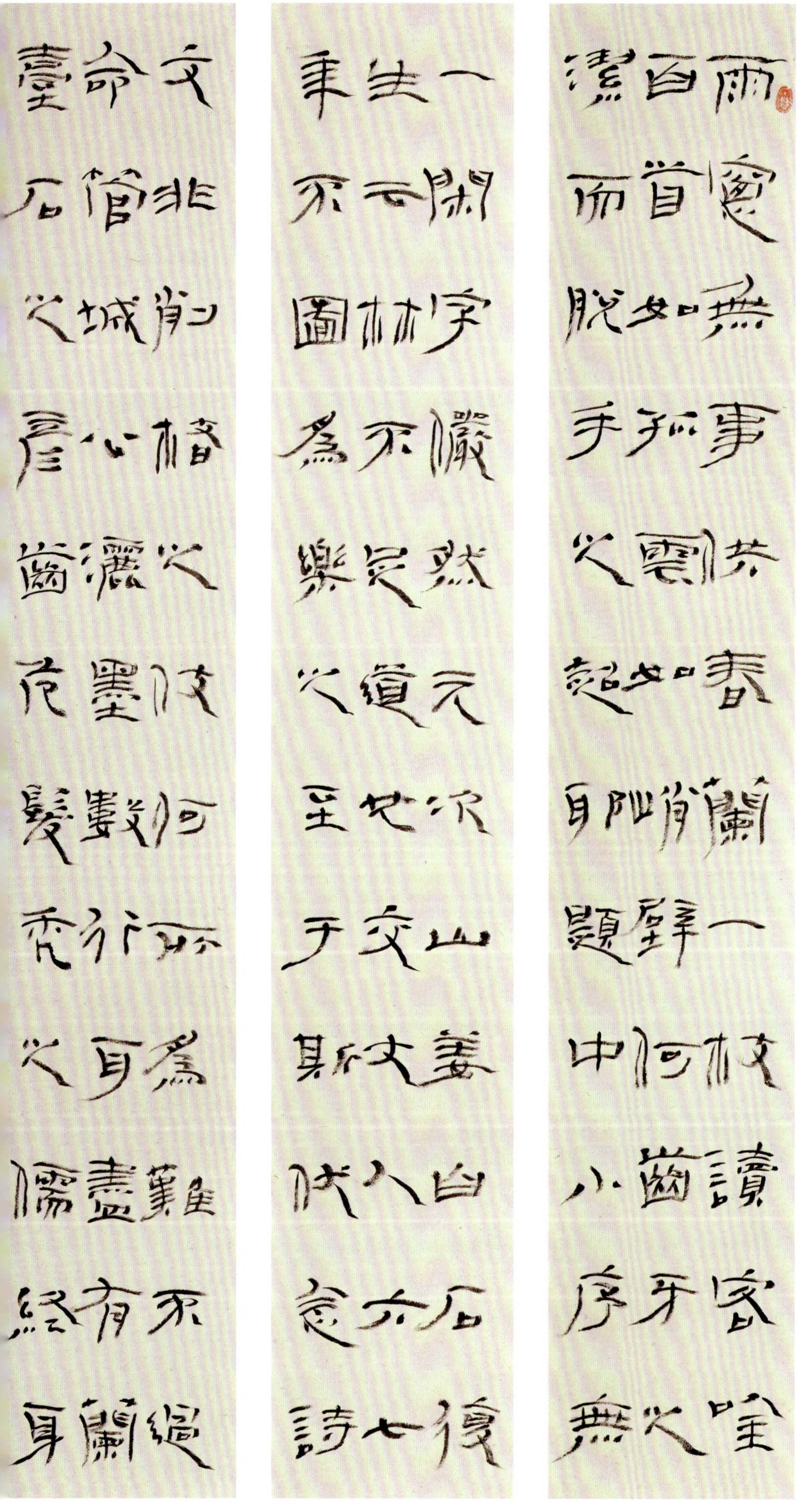

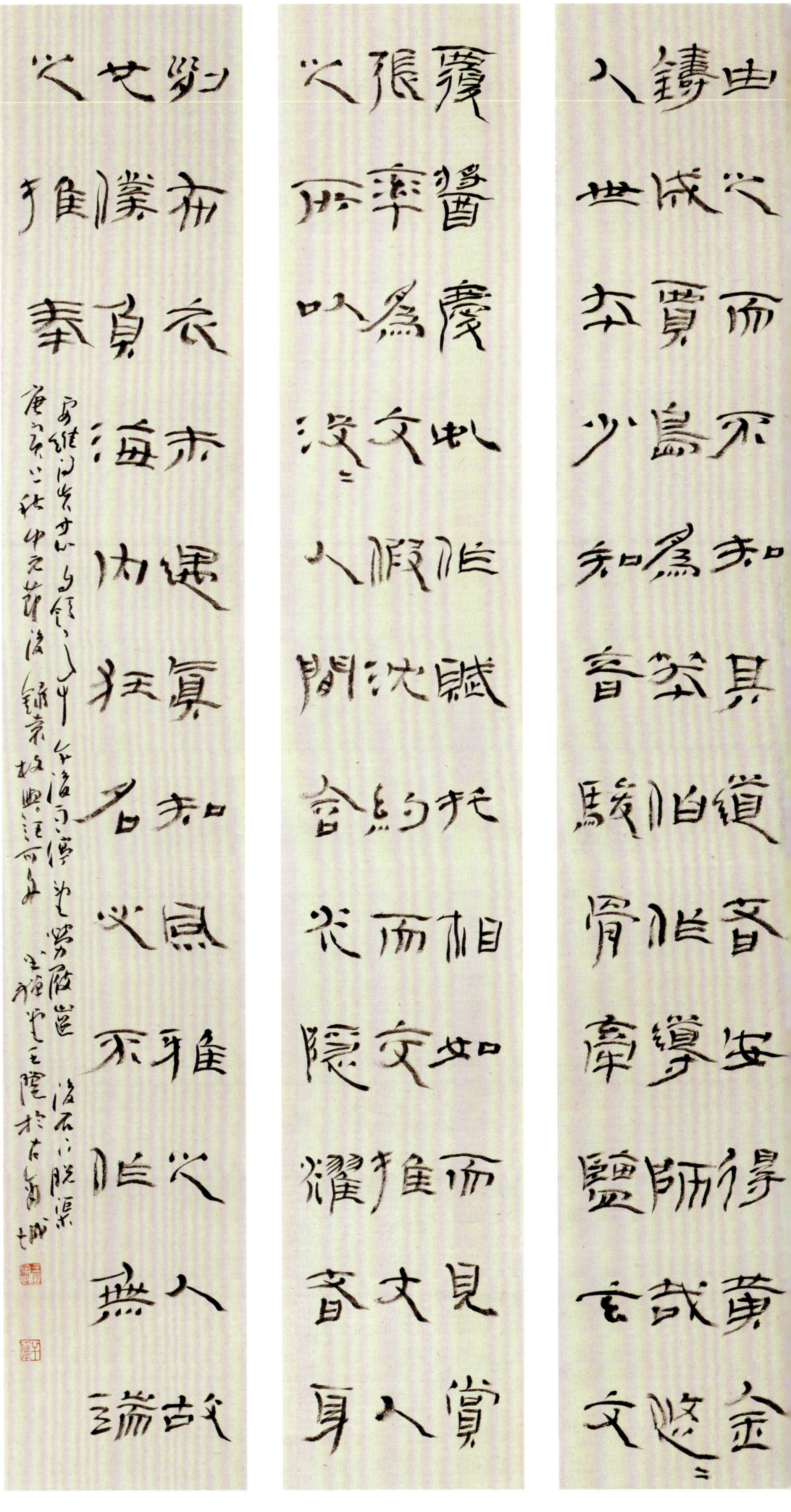

袁枚與汪可舟（節録）

紙本　2010年　23cm×140cm×6

釋文：（略）

款識：庚寅上秋中元節後，録袁枚與汪可舟，半禪堂王澄於古商城。

鈐印：佛像印，王澄寫心（白文），半禪堂（朱文）。

自作聯

紙本　2010年　30cm×180cm×2

釋文： 守道莫如三尺度，好音何作七弦彈。

款識： 余六五生日時，諸學棣送我古琴一把，余雖好音但不善琴，再四推辭不下，因有此聯自我解嘲耳。古有友琴生説，其曰：『得之矣，乃今知於琴友而未嘗友，不友而未嘗不友也。』余不知琴安知友哉，可惜了一把好琴也。偶有頑童撥弄幾聲，雖不成曲，音極悦耳。亦（抑）或音外之音，動我情懷也。琴盲乎，琴友乎，知者莫笑也。庚寅上秋半禪堂王澄重書并記。

鈐印： 佛像印，王澄寫心（白文），半禪堂（朱文）。

余於十五年前曾謂學子抚琴我有經驗一把余經聽琴但不善聽琴再四推辭而不得以聽身[…]離聽罷古琴友說其自作之樂乃令余聽琴友一曰忘憂二曰不復…

余居無琴身無知友我可惜乎把好琴也偶有頗喜撫琴蕊雖不成調其自娛聽悅乎不識音

狂者何使人絃傍

然人音動我情憐如琴音手琴故乎君子蕊策也庚寅之秋尖雅堂主陸堇書並記

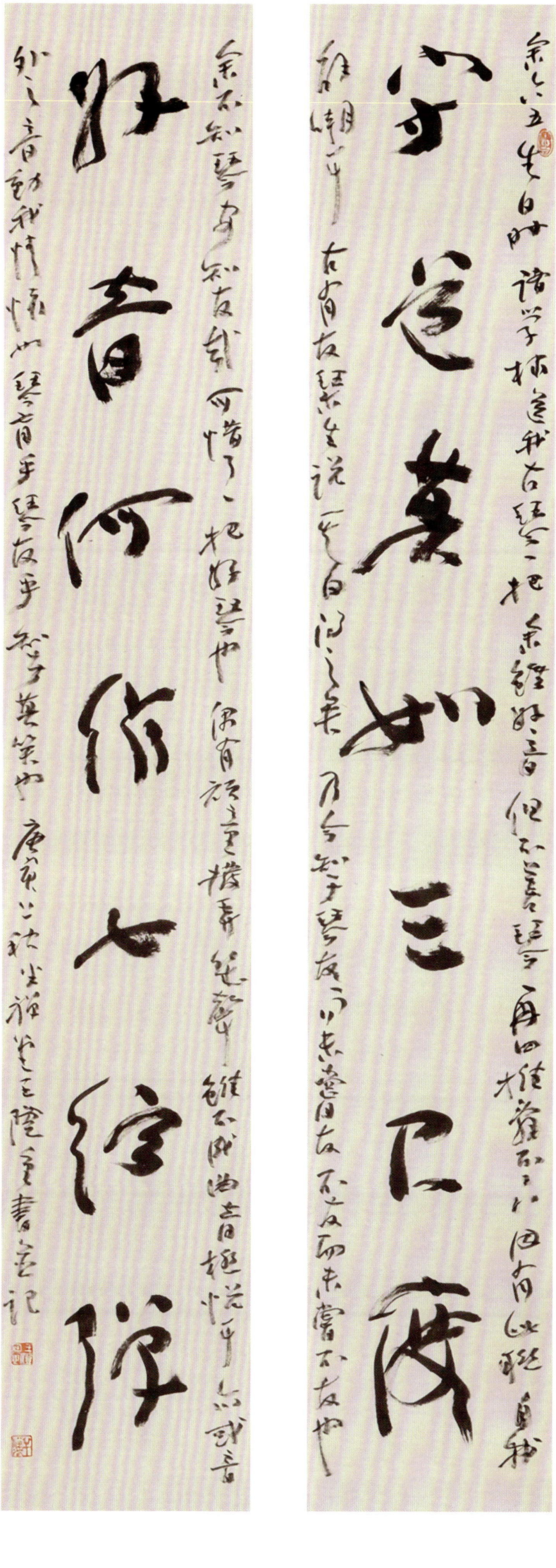

自作詞四首

紙本　2010年　68cm×69cm

釋文： 滄桑成故史，夢華蕩盡，千載復何來。嘆中原逐鹿，賊寇王侯，哪個不塵埃。夷門俠士，信陵君，安會蓬萊？祇剩下、三賢聚處，好個古吹臺。　　如埋。陳橋兵變，易幟更新，念趙祠猶在。楊湖清，州橋春暖，國寺雲開。幾曾燈火樊樓上，靖康難，烟雨頃回。俱往矣，浮空漫漫無涯。（汴京一首，去歲弢弟有渡江雲一調傳我，遂生故思，因和之。）

鐵騎金戈，驚回夢，幾曾行歇。天地晦，痛哉青史，愴然英烈。孤冢沉埋仙鎮土，荒祠漫漶樊樓月。但留得、一石舊碑銘，何凄切。　　金堤柳，長亭雪。思未斷，情難滅。撫臨安遺恨，金甌殘缺。琴古尤彈鵬舉泪，弦張重拭靖康血。與君聽、一曲嚮天吟，收空闕。（庚寅歲初，聽古筝曲臨安遺恨，動我思古之情，因步岳飛滿江紅韵填此。）

烟火映天宇，花影動江春。千旗百舸争渡，雲水耀龍鱗。曲譜凌空光電，彩序相諧禮樂，儀典八方賓。一幕上河卷，曠世震寰塵。　　百年史，萬國會，嘆殊倫。何時曾幾，藍色多瑙費推循。轉瞬文遷數字，或入太空時代，遠夢怕縈魂。但願同凉熱，四海瑞雲臻。（上海世博會開幕，調寄水調歌頭。）

掩映見邙山，桂園何適然。會同儕，自是因緣。雅韵盈觴文典濟，人將醉，我難眠。　　夢裏也纏綿，詞歌沙岸邊。和濤聲、輕叩船舷。不盡長河情未了，風助浪，水承天。（余六六生日，諸學棣賀聚黄河游覽區桂園，其禮彬彬，其樂融融。期（其）間張達主持，曉林、煒韜、志軍分作儒學、詩詞、佛經講座，更得學術之交流、文雅之盛集。因填此南樓令一調，即興小詞難記情景之萬一也。）

款識： 庚寅秋初，録近作四首，半禪堂王澄并記。

鈐印： 佛像印，小天地（白文），半禪（白文），半禪（朱文），王澄（白文），三合書屋（朱文）。

沧桑阅尽史篇滂沱千载后阿戏叹中原逐鹿贼寇五陵咖啕国家登坛哭门侠士信陵君安曾揽策纸剩下三贤眈豪好酒古吹台如埋陈桥兵变多感叹气念赵匡歇在桥湖清州桥香暖国步云开几曾曾镫火燃樊虏上靖康难烟雨顷回俱往矣浮空漫漫无涯铁马金戈惊回梦几曾於歌天地晦痛矣青史怆然笑烈孤冢沈烟仙镇土荒相浸患樊楼月怅留得一石旧碑铭阿凄切金堤举浪尽张思雪赤幽情难撼鞋安遗恨主兴残缺琴声大弹鹏柳长亭雪思赤幽情难撼鞋安遗恨主兴残缺琴声大弹鹏浪渡红张重拭请康无与君听一曲向天长啖空关叹情浅浅空光电影序相谐礼乐仪兴八方宾鉴色多瑶费惟霜寰尘百年史束国会叹珠伦何时宾几簇色多瑶费惟霜转瞬文变数字咸入去空首代远篆魄袭魂俱愿同凉热四海山谐浅空光电彩序相谐礼乐仪兴八方宾鉴费惟霜瑞云臻掩映见邱山桂园阿适然会同济自长自缘雅韵盈觥文兴济八多梦里世缠绵词歌沙岸遣和涛歌轻叩船胶不尽长河情赤了感助漫水傲天

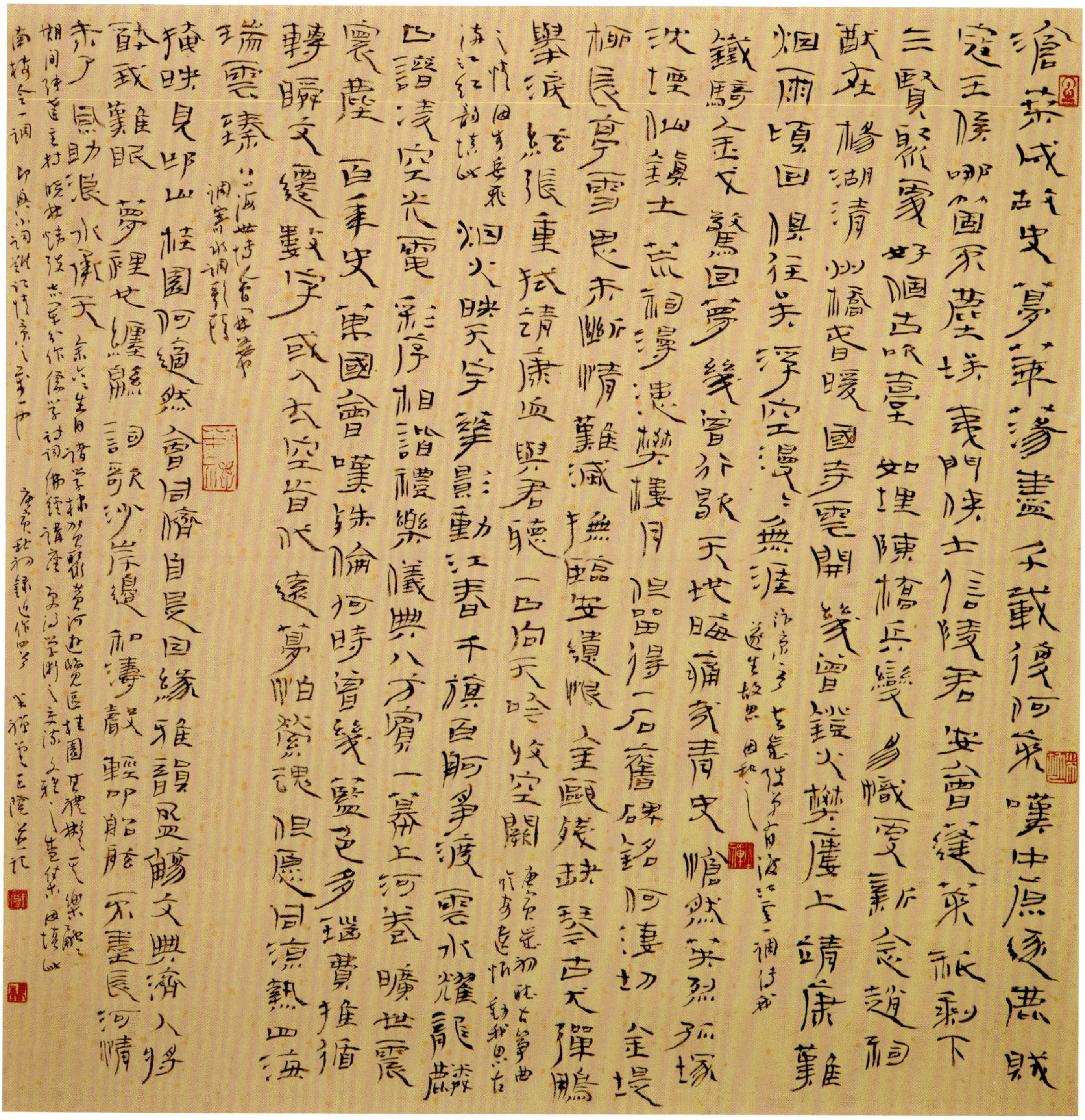

煙山鎮土荒祠浮遠樓
長亭雲思未斷情難滅
淚去點張重拭請康血與君
情因寸長飛
江紅詞填此
烟火映天宇箏員
諧淸空花電彩亭相諧禮

妙瞬文變數字或入太空皆

雲臻

上海世博會一曲篇也

調寄沁園調新韻

映見邮山桂園何適然會同

我難眠夢裡也纏綿

回尺八

一言一句沙

了風助浪水衝天

余六十生日諸学子林

間陳蓮之村晚妝情懷亦宜分作儒学詩詞佛經

處今之一詞即與小詞之纏綿悱惻相近也

庚寅

自作詞四首

紙本 2010年 68cm×69cm

釋文：夜海黯蒼穹，白浪排空，回吞九派大潮湧。陣陣天風霄漢起，蕩我襟胸。誰嘆大江東，淘盡豪雄，東臨碣石話遺踪。多少先人吟咏調，千古情同。（浪淘沙・夜觀滄海）

千古黃河萬頃濤，流盡前朝，歷盡狂飈。波翻浪湧黯魂銷，風也飄飄，雨也瀟瀟。斗轉星移又大潮，山在傾摇，地（水）在咆哮。國人莫把盛時拋，水復遥遥，路復迢迢。（玉簟秋・黃河）

四險據河洛，天地位其中。建都當溯三代，九國是陳封。且看青銅饕餮，更有銜魚鸛鳥，衍變緒遺踪。文物耀青史，大象嘆神工。　祭八卦，圖天馬，像神龍。傳承始祖，華夏文化百朝宗。佑繕龍門石窟，唤醒王城遺址，盛意蕩嵩峰。千古大河水，伊洛浪隨風。（水調歌頭・洛都）

丹青翰墨有真香，半禪房，小書窗。逸興澄懷，志趣筆中藏。無奈人心多不古，身欲静，世無常。更深漫步自悲凉，夜蒼蒼，路茫茫。孤月當空，對影黯彷徨。天上人間都是夢，抬望眼，意何方？（江城子・世無常）

款識：舊作四首，録在中原古玩城創作基地畫室南窗。庚寅上秋中元節後三日，半禪堂王澄并記。

鈐印：佛像印，半禪（朱文），王澄（朱文），半禪（白文）。

拍海踏浪卷云舒 沿棚长江九派大潮湧 陆地坠空瀑涟起 苍我襟胸谁憧大江东国民豪迈 岳作鸣岛语这邊纵多少先人 吟诵调千古春同 泣油沙拍就沧海 千古黄河万里流 尖前朝歷書卷 妖娆波翻浪卷沧语范镐 皇权飘 风雨潇 斗转星移又大潮山花 俘摧地左右唯国人喜把筆田抛水浚逢 船渡之 黄河 四陸渡河洛水地以信坦申走郡此古潮三代九国是陈封县青銅 鼓瞽 显首街衙無論鳥 術芸緒迷邃文物耀青史 大秦的煌神 石窟佛晓之城运地 墨臺萍举且大汉水伊洛流隠 工奈八卦圖文马像神龍傳威始祖華夏文化百朝宗佑缘龍归 水調歌頭 丹青翰秦有真晋坐擁房小書跟 运舆港怀七趣童 洛都 中藏壺奈人心每不在身欲静世界常 变朿浅步自然澟楢 蓬之高莊之狂月迨也對影踏红緩之心人省都是梦擡望眼 意何方 江城子 老壬寅 唐作四首 录左中原古玩城 創下藝池魚为而赏 庚寅之秋中元節洛三白 芝耀光王随意記

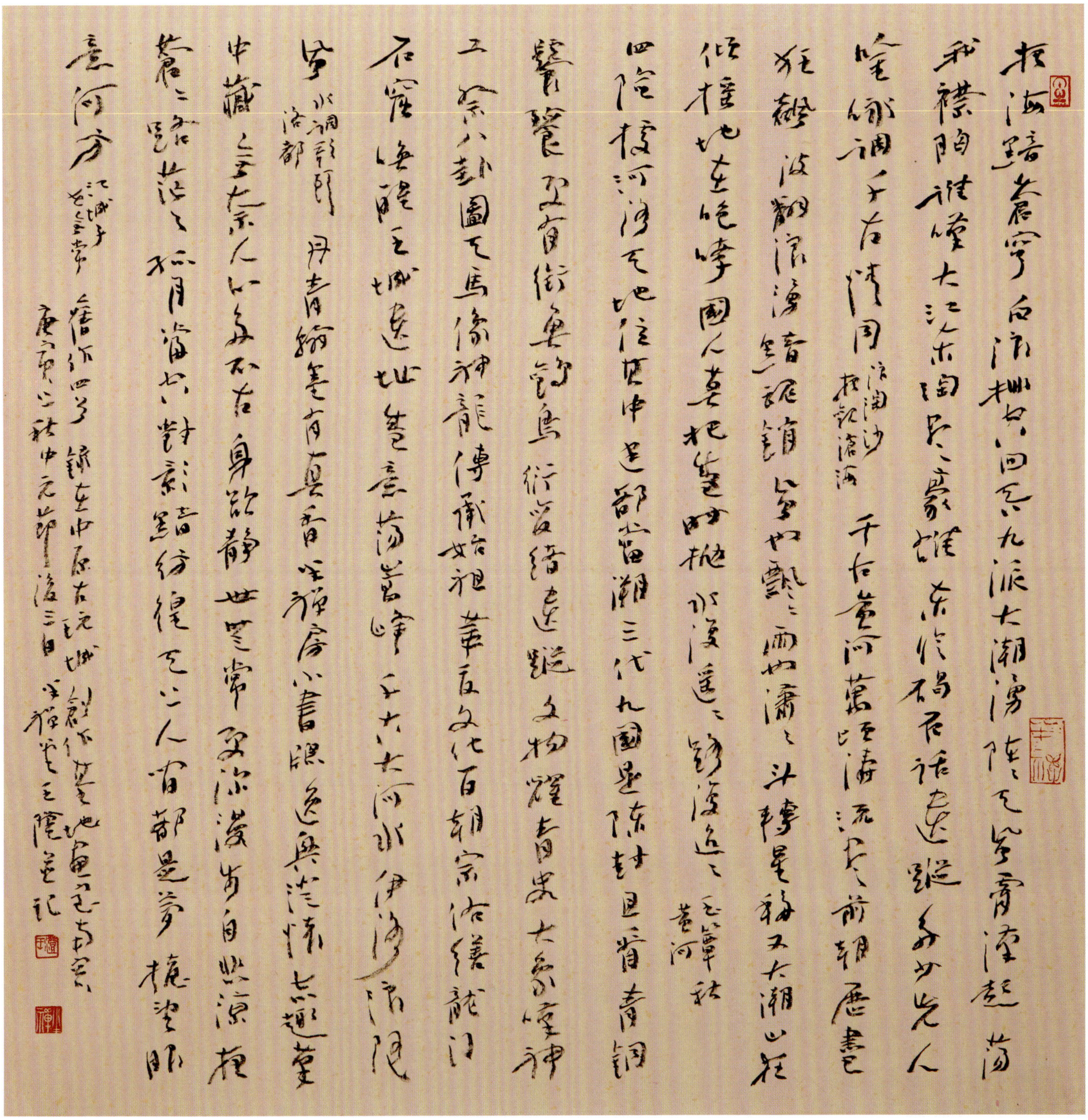

帆必晴兮宇宙撞百
舸争渡寰宇燿
以光龍驤迪潜
方寰宇何甞
嬉兮廣寰兮
禮樂儀典六

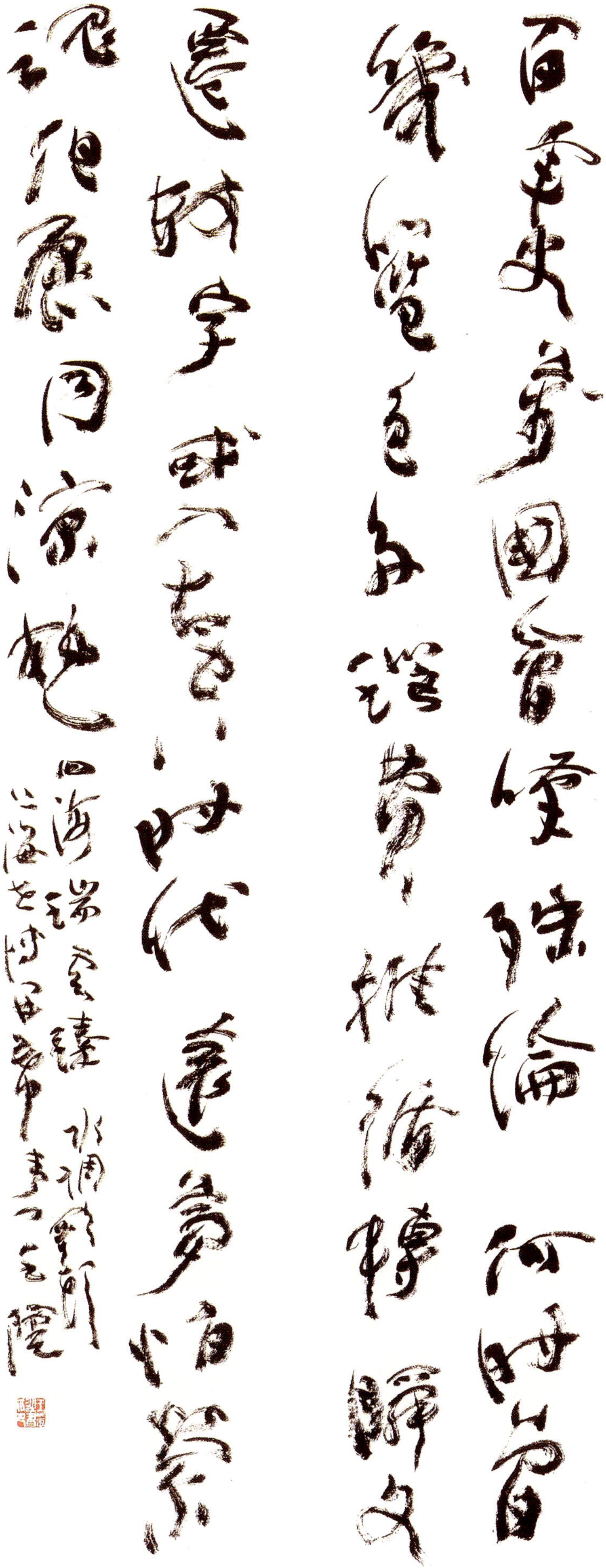

自作詞　水調歌頭

紙本　2010年　23cm×136cm×4

釋文： 烟火映天宇，花影動江春。千旗百舸争渡，雲水耀龍鱗。曲譜凌空光電，彩序相諧禮樂，儀典八方賓。一幕上河卷，曠世震寰塵。百年史，萬國會，嘆殊倫。何時曾幾，藍色多瑙費推循。轉瞬文遷數字，或入太空時代，遠夢怕縈魂。但願同凉熱，四海瑞雲臻。

款識： 水調歌頭上海世博開幕。夷門王澄。

鈐印： 半禪（朱文），王澄詩書印（白文）。

茶經室詩話摘

書曰詩言志故文中子曰大風安危其霸心之存乎秋風樂極哀來其悔志之萌乎

司空表聖作詩品凡二十四有謂沖澹者曰遇之匪深即之愈稀有謂自然者曰俯拾即是不取諸鄰有謂清奇者曰神出古異澹不可收是品之最上者 表聖論詩有二十四品予最喜不著一字盡得風流八字又云采采流水蓬蓬遠春二語形容詩境亦絕妙正與戴容州藍田日暖良玉生烟八字同旨

弇州云朦朧萌拆情之來也明雋清圓詞之藻也四語亦妙

汾陽孔文谷云詩以達性然須清遠為尚薛西原論詩獨取謝康樂王摩詰孟浩然韋應物言白雲抱幽石綠篠媚清漣清也表靈物莫賞蘊真誰為傳遠也何必絲與竹山水有清音景昃鳴禽集水木湛清華清遠兼之也總其妙在神韻矣神韻二字予向論詩首為學人拈出不知先見於此

陳后山云韓文黃詩有意故有工老杜則無工矣然學

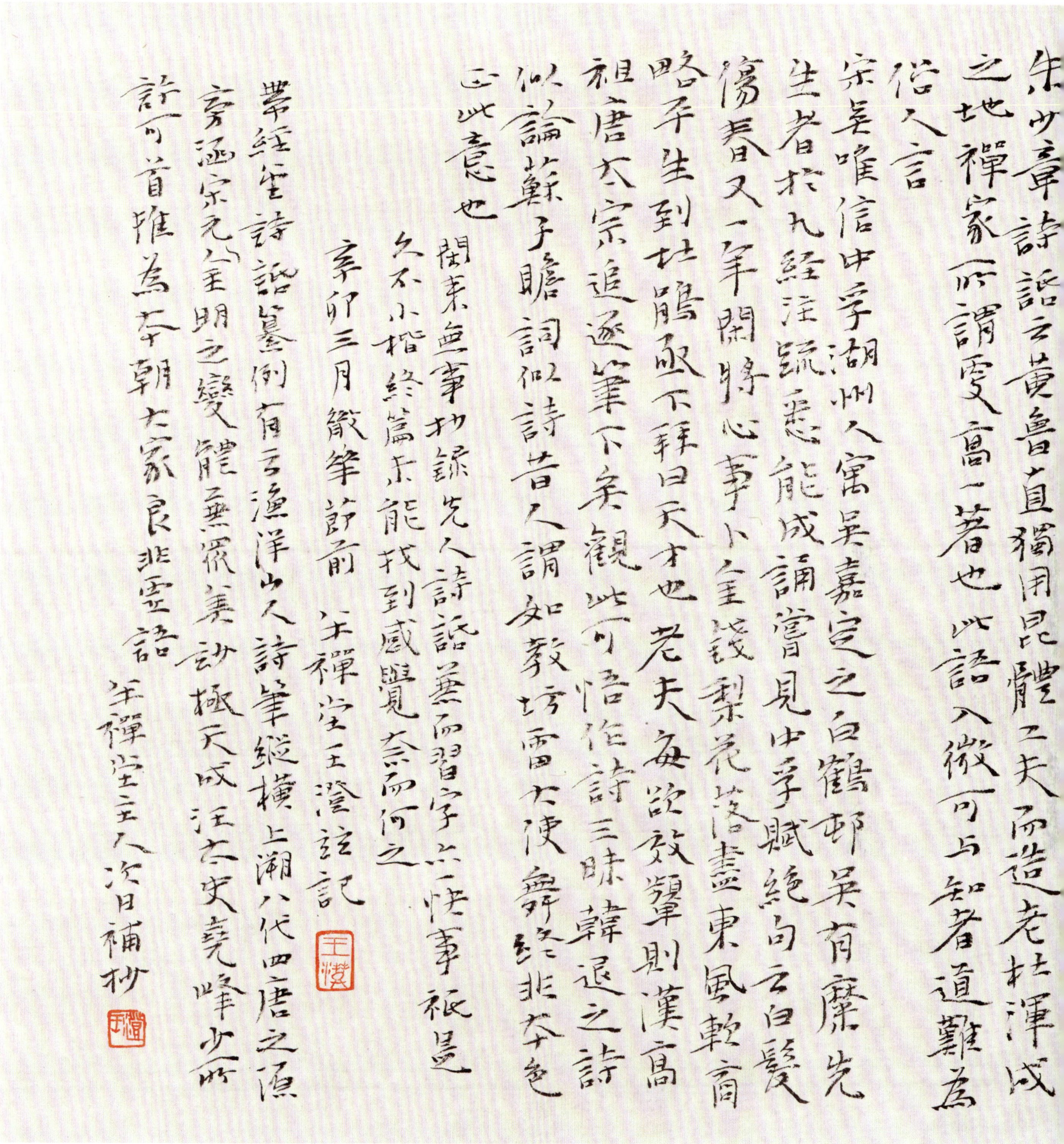
朱少章詩話云黄魯直獨用昆體工夫而造老杜渾成
之地禪家所謂更高一着也此語入微可與知者道難爲
俗人言
宋吴唯信中孚湖州人寓吴嘉定之白鶴邨吴有麋先
生者於九經注疏悉能成誦嘗見中孚賦絶句云白髮
傷春又一年閒將心事卜金錢梨花落盡東風軟商
略平生到杜鵑敢下拜曰天才也若夫每欲效顰則漢高
祖唐太宗追遜筆下矣觀此可悟作詩三昧韓退之詩
似論蘇子瞻詞似詩昔人謂如教坊雷大使舞終非本色
正此意也
閒來無事抄録先人詩話兼而習字亦一快事祇是
久不小楷終篇未能找到感覺奈而何之
辛卯三月散花節前 半禪堂王澄并記
王澄
帶經堂詩話纂例有云漁洋山人詩筆縱横上溯八代四唐之源
旁涵宋金元明之變體兼衆美妙極天成汪太史堯峰少所
許可首推爲本朝大家良非虚語
半禪堂主人次日補抄
澄

帶經堂詩話摘録

紙本 2011年 40cm×80cm

釋文：（略）

款識： 閑來無事，抄録先人詩話兼而習字亦一快事。祇是久不小楷，終篇未能找到感覺，奈而何之。辛卯三月散花節前，半禪堂王澄并記。

帶經堂詩話纂例有云：漁洋山人詩筆縱横，上溯八代四唐之源，旁涵宋金元明之變，體兼衆美，妙極天成，汪太史堯峰少所許可，首推爲本朝大家，良非虚語。半禪堂主人次日補抄。

鈐印： 佛像印，半禪堂（朱文），王澄（朱文），王澄（朱文）。

寄之日崔世子亭庸岑
閒嘗見中亭賦絕句云白髮
主錢梨花落盡東風軟商
也老夫每欲效顰則冀高
此可悟作詩三昧韓退之詩
如教坊雷大使舞終非本色

詩語兼而習字亦一快事祇是
到感覺奈而何之
竹禪堂王澍謹記
山人詩筆縱橫上溯八代四唐之源
矣訬極天成汪古史竟峰少所
虛語
竹禪堂主人次日補抄

自作詞　滴滴金

紙本　2011年　34cm×138cm

釋文： 天風淡蕩搏蕉紙，縱橫處、方圓是。能揚能弃自悠游，道化堪如此。內藏精氣外藏迹，天人合、復平易。試看今古幾經綸，一代生花筆。

款識： 跋散老册頁，調寄滴滴金。辛卯夏，半禪堂王澄。

鈐印： 王澄詩書印（白文），半禪堂（朱文）。

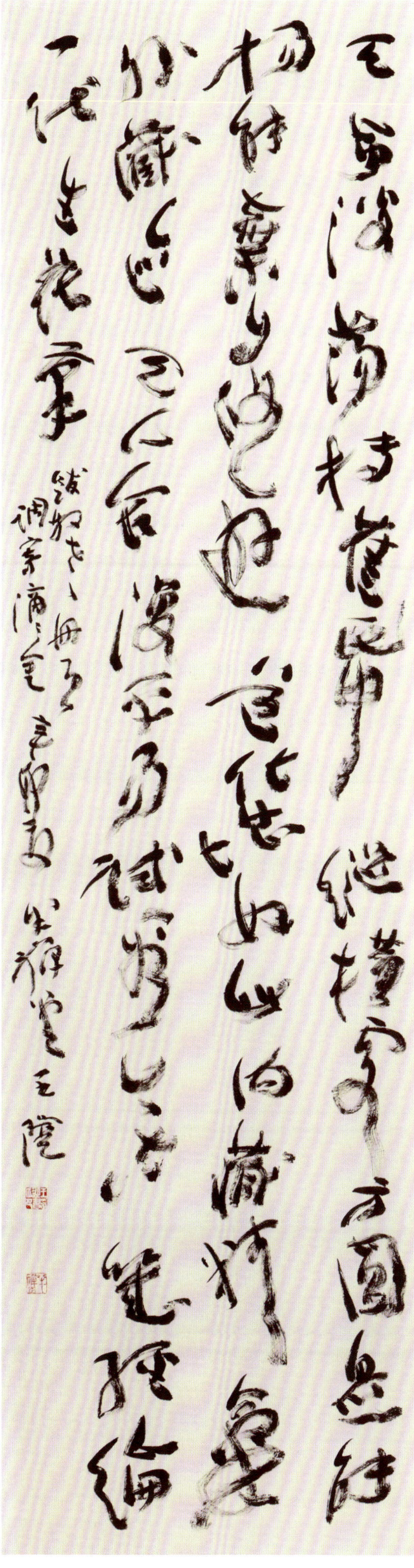

四十二章經

中國第一部漢譯佛經

世尊成道已作是思惟離欲寂靜是為最勝住大禪定降諸魔道於鹿野苑中轉四諦法輪度憍陳如等五人而證道果復有比丘所說諸疑求佛進止世尊教勅一一開悟合掌敬諾而順尊勅佛言辭親出家識心達本解無為法名曰沙門常行二百五十戒進止清淨為四真道行成阿羅漢阿羅漢者能飛行變化曠劫壽命住動天地次為阿那含阿那含者壽終靈神上十九天證阿羅漢次為斯陀含斯陀含者一上一還即得

阿羅漢次為須陀洹須陀洹者七死七生便證阿羅漢愛欲斷者如四肢斷不復用之佛言出家沙門者斷欲去愛識自心源達佛深理悟無為法內無所得外無所求心不繫道亦不結業無念無作非修非證不歷諸位而自崇最名之為道佛言剃除鬚髮而為沙門受道法者去世資財乞求取足日中一食樹下一宿慎勿再矣使人愚蔽者愛與欲也佛言衆生以十事為善亦以十事為惡何等為十身三口四意三身三者殺盜淫口四者兩舌惡口妄言綺語意三者嫉恚癡如是十事不順聖道名十惡行是惡若

止名十善行耳佛言人有衆過而不自悔頓息其心罪來赴身如水歸海漸成深廣若人有過自解知非改惡行善罪自消滅如病得汗漸有痊損耳佛言惡人聞善故來擾亂者汝自禁息當無嗔責彼來惡者而自惡之佛言有人聞吾守道行大仁慈故致罵佛佛默不對罵止問曰子以禮從人其人不納禮歸子乎對曰歸矣佛言今子罵我我今不納子自持禍歸子身矣猶響應聲影之隨形終無免離慎勿為惡佛言惡人害賢者猶仰天而唾唾不至天還從己墮逆風揚塵塵不至彼還坌己身賢不可毀禍必

滅己佛言博聞愛道道必難會守志奉道其道甚大佛言睹人施道助之歡喜得福甚大沙門問曰此福盡乎佛言譬如一炬之火數千百人各以炬來分取熟食除冥此炬如故福亦如之佛言飯惡人百不如飯一善人飯善人千不如飯一持五戒者飯五戒者萬不如飯一須陀洹飯百萬須陀洹不如飯一斯陀含飯千萬斯陀含不如飯一阿那含飯一億阿那含不如飯一阿羅漢飯十億阿羅漢不如飯一辟支佛飯百億辟支佛不如飯一三世諸佛飯千億三世諸佛不如飯一無念無住無修無證之者佛言人

有二十難貧窮布施難豪貴學道難棄命必死難得睹佛經難生值佛世難忍色忍欲難見好不求難被辱不嗔難有勢不臨難觸事無心難廣學博究難除滅我慢難不輕未學難心行平等難不說是非難會善知識難見性學道難隨化度人難睹境不動難善解方便難沙門問佛以何因緣得知宿命會其至道佛言淨心守志可會至道譬如磨鏡垢去明存斷欲無求當得宿命沙門問佛何者為善何者最大佛言行道守真者善志與道合者大沙門問佛何者多力何者最明佛言忍辱多力不懷惡故兼加安健

忍者無惡必為人尊心垢滅盡淨無瑕穢是為最明未有天地逮于今日十方所有無有不見無有不知無有不聞得一切智可謂明矣佛言人懷愛欲不見道者譬如澄水致手攪之衆人共臨無有睹其影者人以愛欲交錯心中濁興故不見道汝等沙門當捨愛欲愛欲垢盡道可見矣佛言夫見道者譬如持炬入冥室中其冥即滅而明獨存學道見諦無明即滅而明常存矣佛言吾法念無念念行無行行言無言言修無修修

[illegible]

四十二章經

紙本　2011年

26cm×176cm×12

釋文：（略）

款識：歲在辛卯夏仲，半禪堂王澄恭録。

鈐印：佛像印，道者不處（朱文），守方圓（朱文），童心當存（白文），王澄詩書印（白文），半禪（朱文）。

白作詞　壺中天慢

紙本　2011年　90cm×90cm

釋文：壺中天慢，韵次弢棣。

心香一炷，但求得、四諦法輪常轉。無念無爲清净處，道是虛空最滿。翰墨丹青，詞章文論，序次華英選。禪機明悟，格標當守高遠。　聞或白馬悲鳴，章經安在，碣石苔紋淺。變幻飛行天地動，俯仰一尊金軟。六道輪回，涅槃相續，般若方周遍。梵音環繞，半窗輕入松館。

款識：辛卯夏，諸賢棣借餘六七生日之際，在白馬寺辦書畫展并佛教與藝術研討會，亦勝事也。王澄并記。

鈐印：佛像印，童心當存（白文），半禪堂印（白文），半禪堂主（朱文），道者不處（朱文），王澄詩書印（白文）。

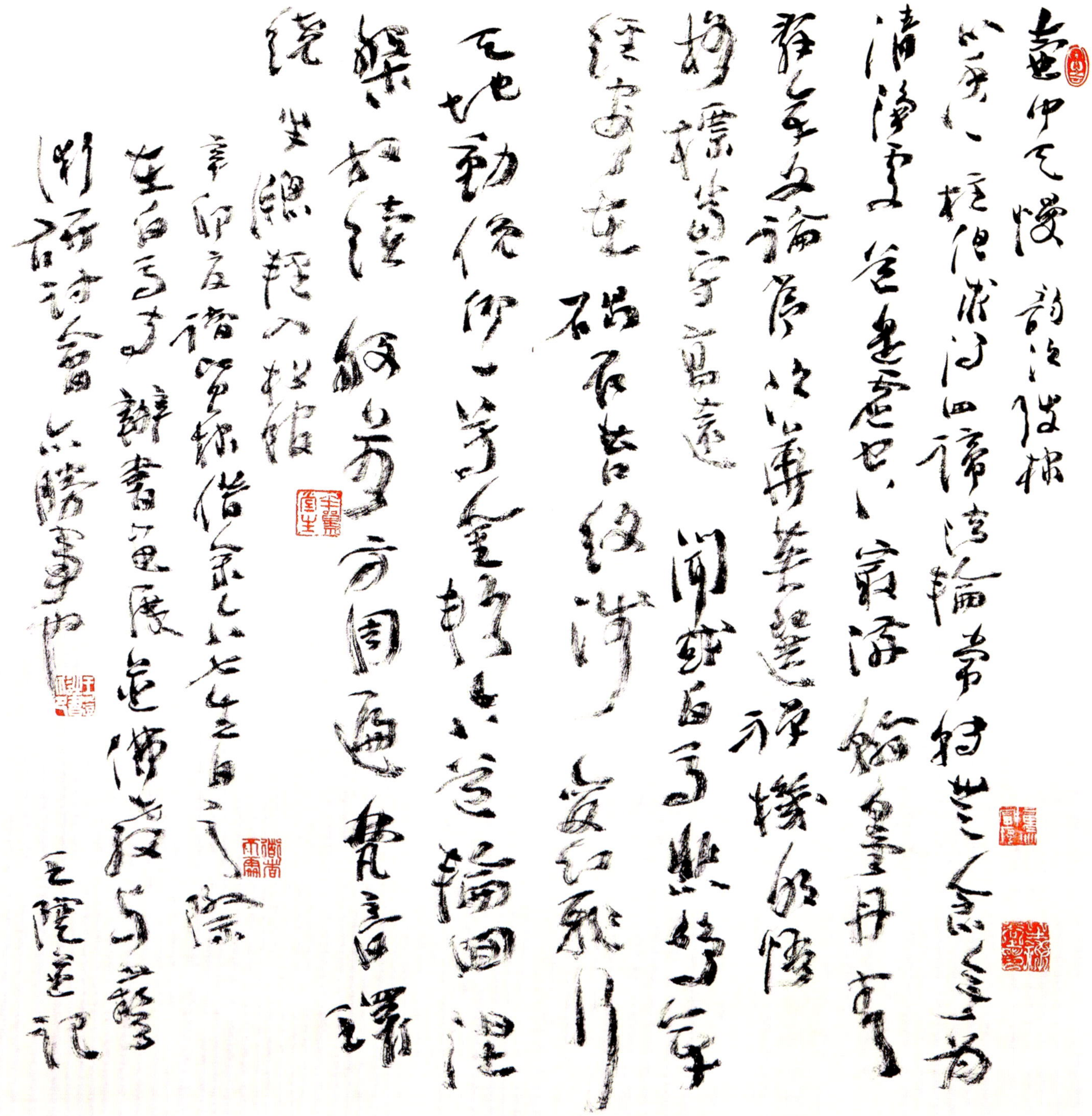

滚滚东逝，铁蹄扬尘调初语情意谁君弄青箫纵酒束昆仑吟梦渡江楼，闹市何妨五柳居生结禅缘任渡红尘生鲜鱼苇芦荫似帆，故乡如此

思皇苍生急奔一剪梅辛卯端午乘游涛多静无诉与暇龙游旧街红地砖一曲九回肠百姓情家国事不能如方营念心画梯

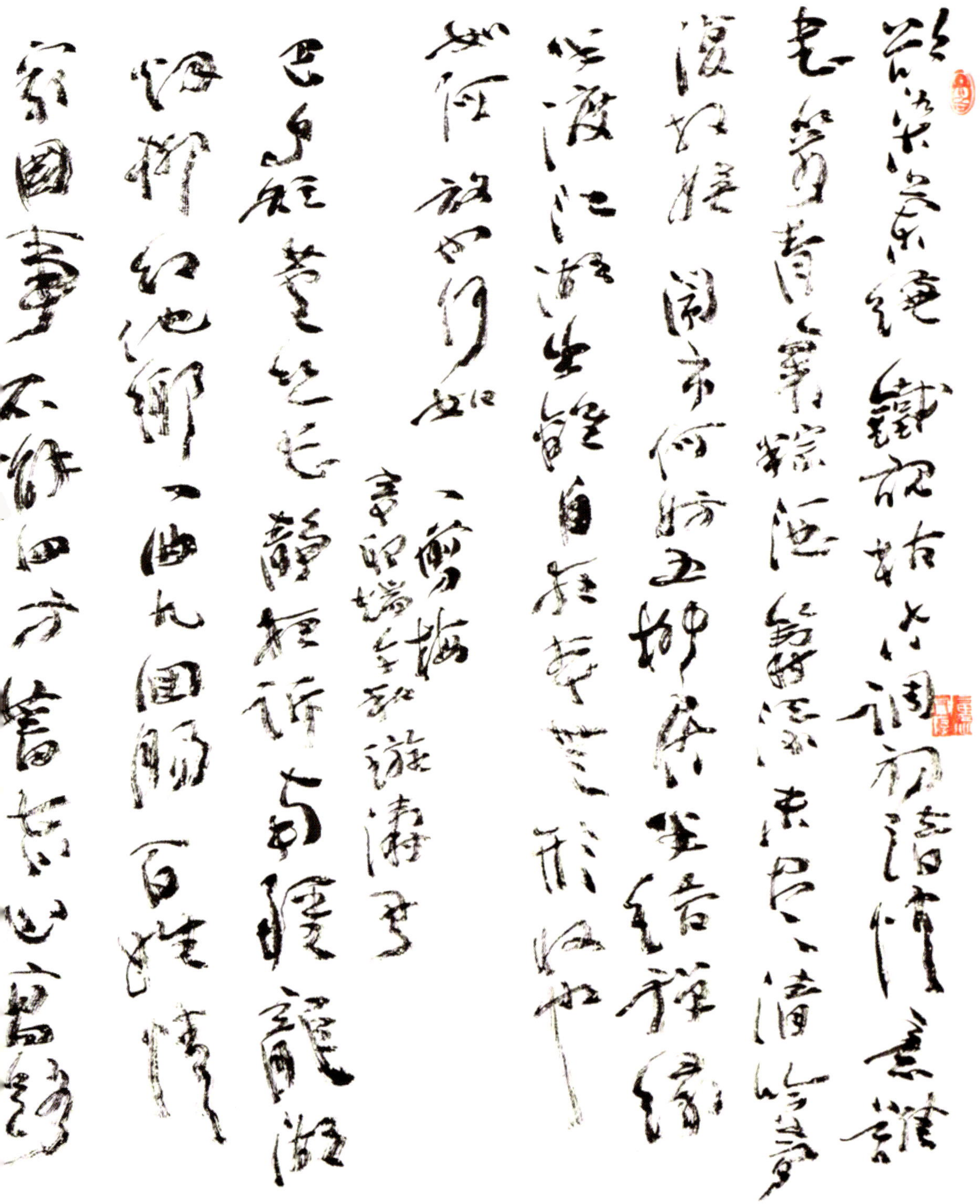

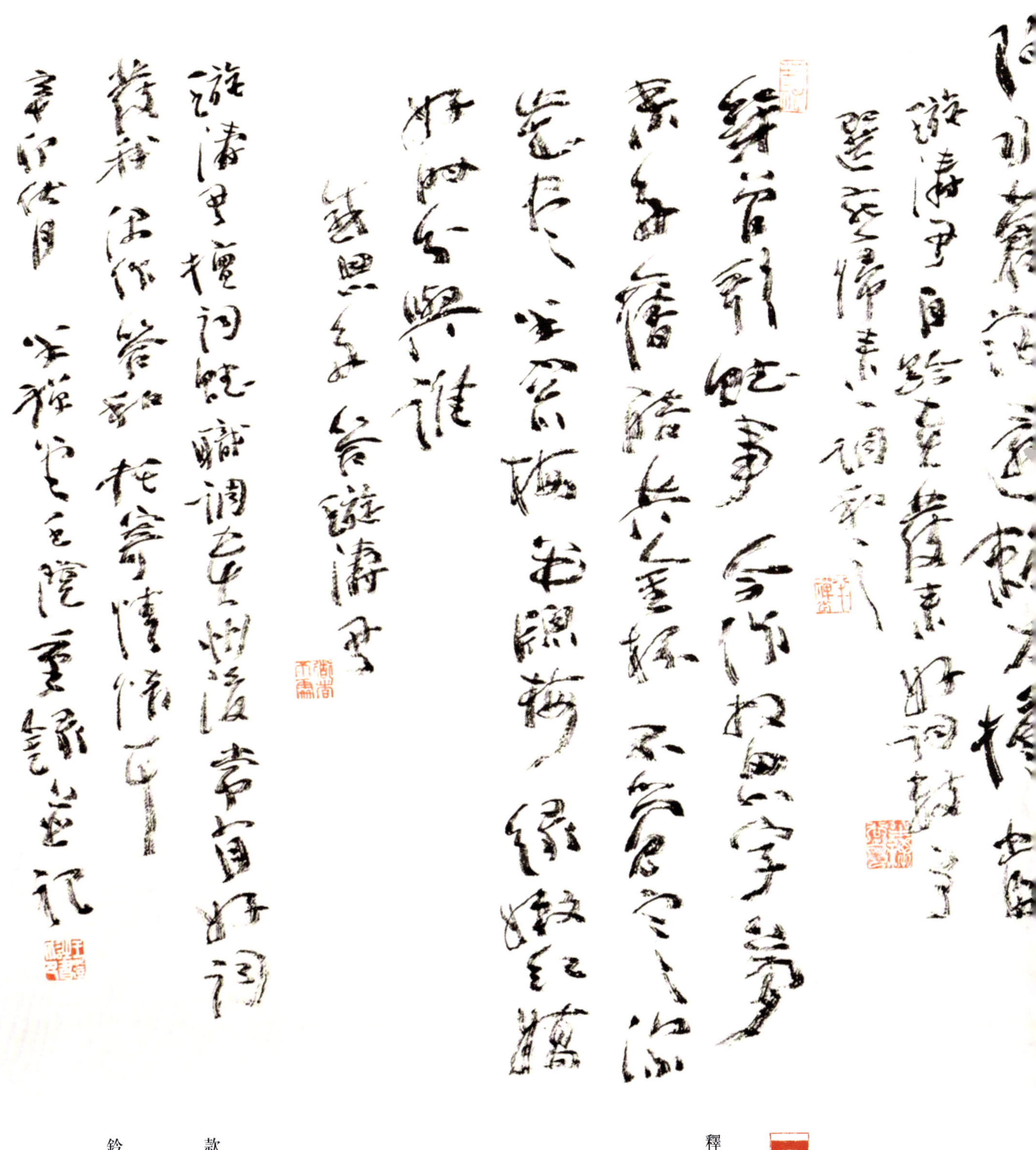

自作詞三首

紙本 2011年 68cm×136cm

釋文： 欲染蘭縑鐵硯枯。古調初諳，情意難書。箬青裹粽酒籌添，未盡清吟，夢復相娛。鬧市何妨五柳居。半結禪緣，半渡江湖。出離自在本無形，收也如何，放也何如。（一剪梅，辛卯端午和璇濤君。）

巴烏短，蘆絲長，静夜訴南疆。龍湖烟柳幻他鄉，一曲九回腸。百姓情，家國事，不懈四方蓄志。山高路險水蒼茫，還賴力擔當。（璇濤君自黔貴發來好詞數首，選燕歸來一調和之。）

幾曾歌賦事，今作相思字。夢來多舊醅，共金杯。不覺寒深歲盡，半窗梅。半窗梅，綠嫩紅嬌，好時分與誰？（感恩多，答璇濤君。）

款識： 璇濤君擅詞賦，職調貴州後常有好詞發我，偶作答和托寄情懷耳。辛卯伏月，半禪堂王澄重録并記。

鈐印： 佛像印，童心當存（白文），半禪堂印（白文），半禪堂（朱文），半禪（朱文），道者不處（朱文），王澄詩書印（白文）。

陳寅恪詩聯

紙本 2011 年 30cm×180cm×2

釋文： 杜公披霧花仍隔，戴子聽鸝酒待傾。

款識： 陳寅恪喜京戲，上世紀五十年代末，廣州京劇團數名伶曾到康樂園拜望陳寅恪，并以名段唱酬，爲這位坎坷老人送上了暫時的慰藉和歡娱。惜老人最欣賞之名旦新谷鶯未能到場，因有此聯記憾。老人曾有『故紙金樓銷白日，新鶯玉茗送黄昏』詩聯念懷谷鶯，感佩可見一斑。辛卯夏友人送來《陳寅恪的最後二十年》，讀之感悟多多也，半禪堂王澄并記。

鈐印： 半禪（朱文），半禪堂（朱文），王澄詩書印（白文）。

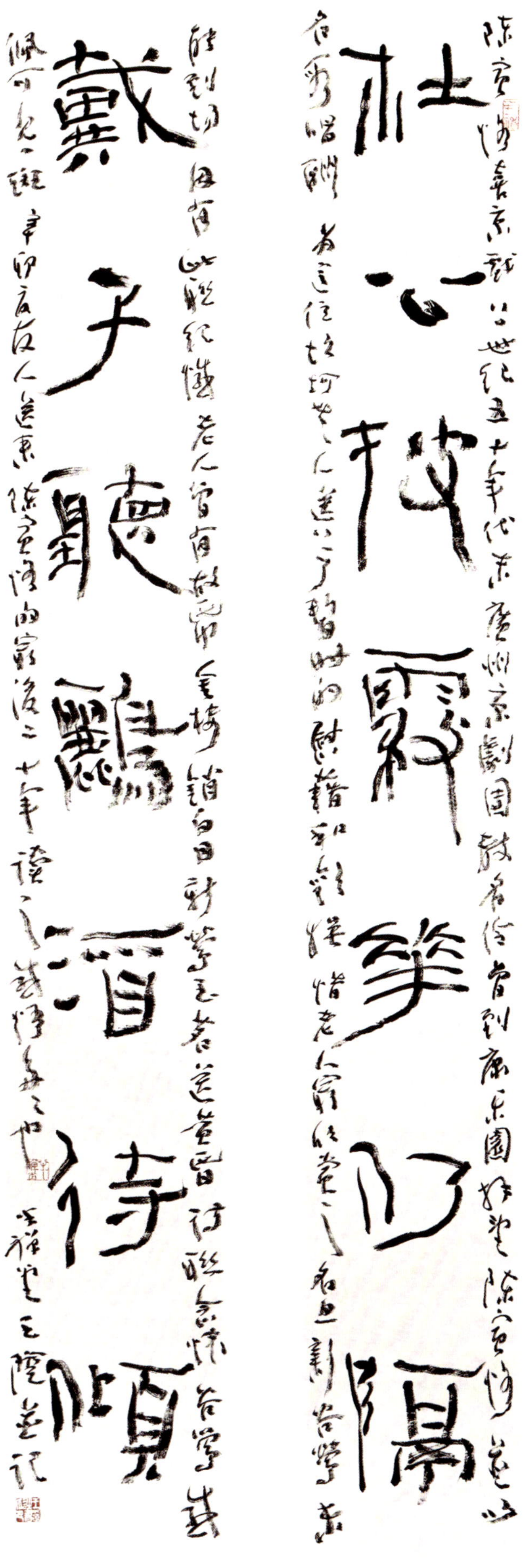

自作詞　逍遥樂

紙本　2012年　40cm×200cm

釋文： 求證幾條文字。補補修修，將就小篇懷釋。故事遥遥，又復何緣，倦蝶重開雙翅。舊情追思。本心真、覺醒俄然，願回初始。看月隱輪虛，缺圓由自。　無限江山行止。幾曾登臨舊是。綿綿爾中我，天意會，付於紙。青燈畫影静，收取一庭文質。茶烟笑談天道，華胥何指？

款識： 近作夢蝶追想文後，調寄逍遥樂。壬辰乾月浣花節前三日録在鄭東新區藍水岸，半禪堂王澄。

鈐印： 佛像印，王澄之印（白文）。

术证几条又字补隆移就小篇怀泽故事遥又复阿缘偻喋重开双翅奋情追思杂心算觉惺威然急回初始看月隐轮圆由自无限江山孙止望实堂临旧是绵尔中戒云意会时子乔青证画影静依取一程又实

荒烟笼陵绕芝道 虑骨何栖 池仰多深泌乙又凌 调零苍道迷同
晨移月 浣花村 旁江钓 逆御东刘区望水岸 笑隆祚王院

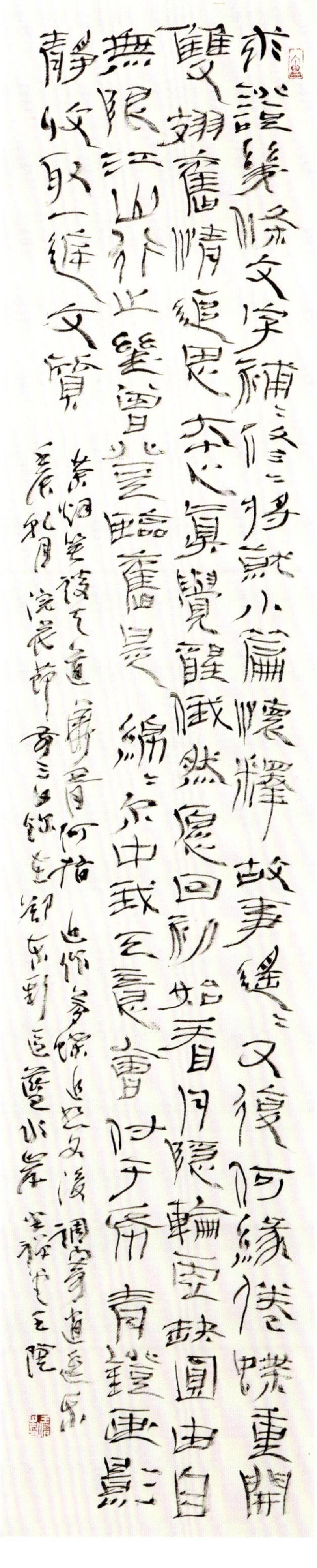

自作詞　鎖窗寒

紙本　2012年　90cm×180cm

釋文：夜半風狂，雲深雨急，老天如此。花殘葉破，木本奈何由是。逼空窗，三伏暑中，一絲冷氣穿虛室。惑無常時令，炎涼相嚮，篤懷何指。休思。塵勞事。嘆半世人生，硯池繭紙。魚紋隼尾，性鈍情痴憑自。笑當今、江月鏡花，風流一夢都妄識。但消磨、曲徑孤桐，步杖拈空字。

款識：近作一首調寄鎖窗寒。時在壬辰七月中元節前一日於鄭東新區藍水岸新居，半禪堂王澄并記。

鈐印：佛像印，王澄之印（白文），半禪堂（朱文）。

我本顛狂雲際雨　怎容此箏鏡裏波
本來心地豈無塵　偏空總是三千若
密室思無激時　岸步實相何處休
恩塵勞事嘆生苦　生硯洗硯紙魚紋
性純凝憑自咄當今　江月鏡裏風寒一
音無識且有麼　山徑孤桐步杖枯寒字

近作多調寄飾窨… 地枉春七月御筆書之 陸之聖也
…區覽水摩壽居

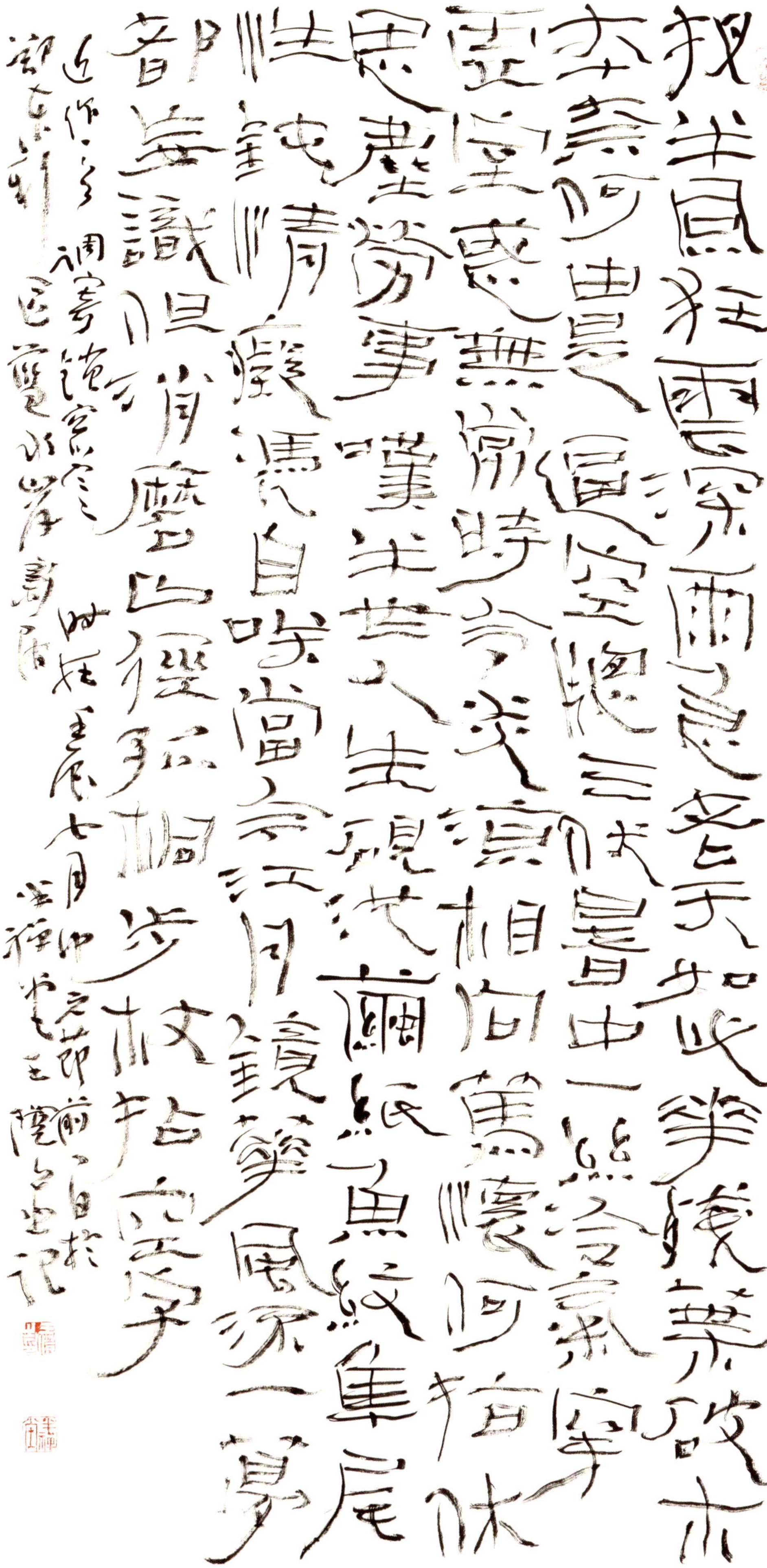

問是老子如此筆
隗三伏書中一從
笑賓相宿篁
三見上之閒文

上三更六燕
時當寫江河鏡
徑孫相步杖枯
如在丙辰七月仲之節前
陌
米祥仙士壇

自作聯

紙本　2012年　34cm×138cm×2

釋文：落花鄰女撿，草蝶小兒嬉。

款識：舊作詩聯。半禪堂王澄。

鈐印：王澄之印（白文），半禪堂（朱文）。

落筆靜女檢

艸樓小兒嬉

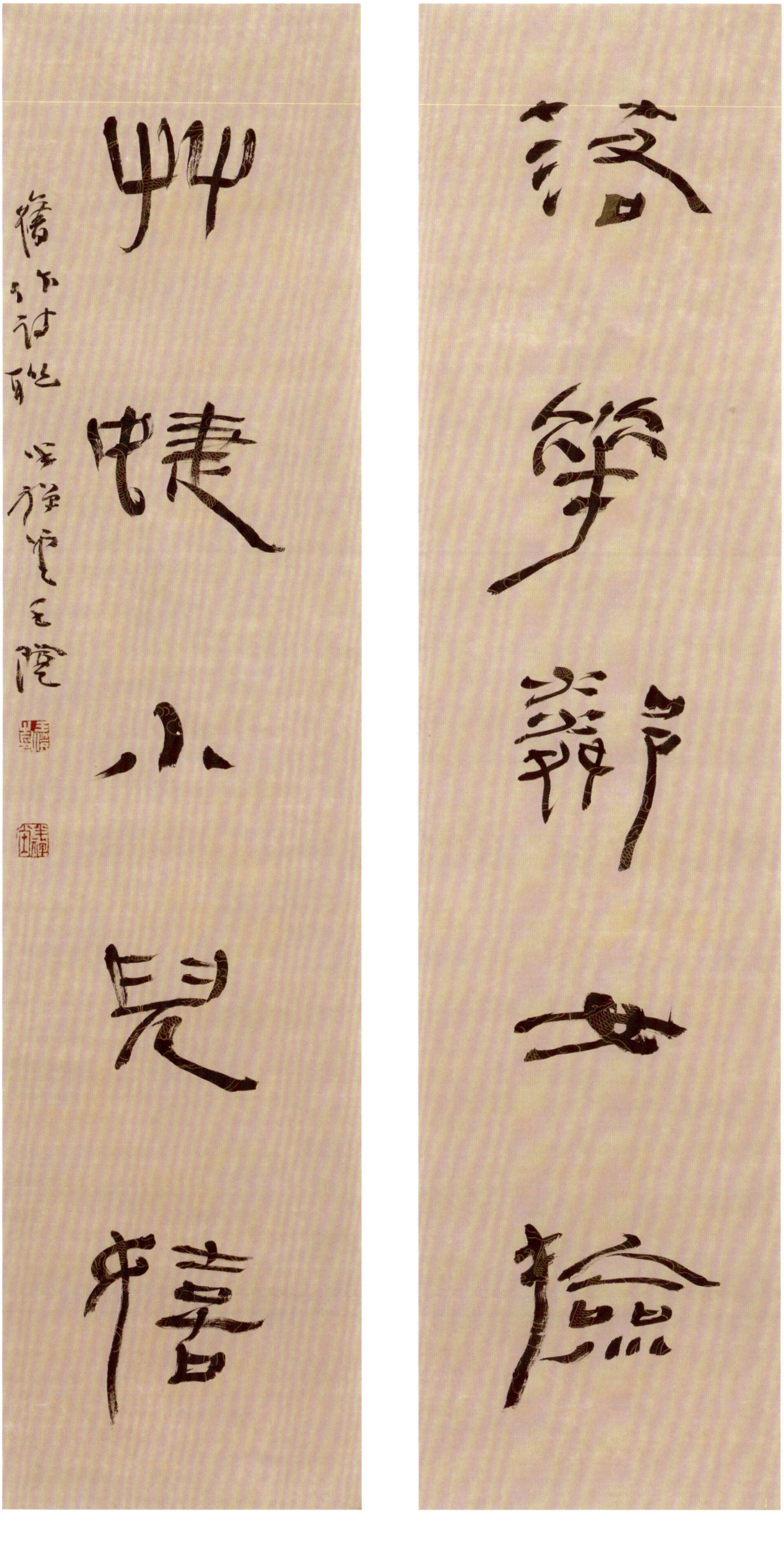

自作詞　醉春風

紙本　2012年　40cm×138cm

釋文： 家列火城迎祭竈，豚酒嘉時淖。厨府訴何求，好事多言，下界平安保。　忽來嗟嘆綸闈效，却道明天道。相左庶民心，妄冀靈神，難步清平調。

款識： 壬辰祭竈有感，調寄醉春風。半禪堂王澄。

鈐印： 佛像印，王澄之印（白文），半禪堂（朱文）。

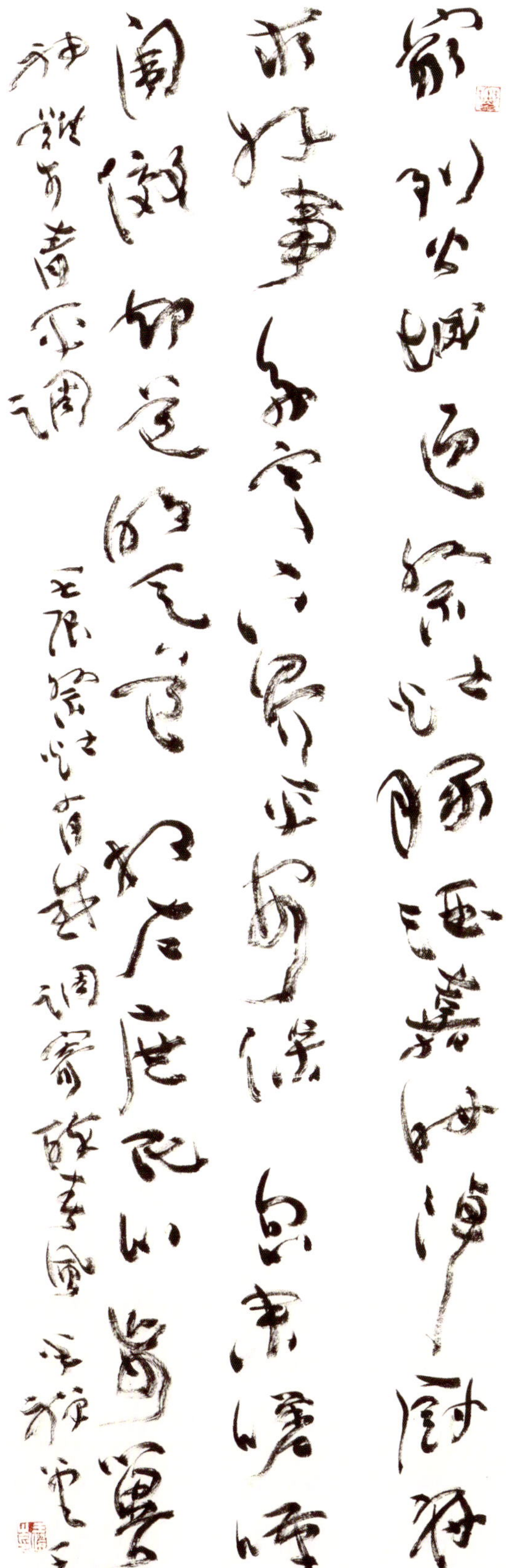

自作詞　訴衷情

紙本　2012年　34cm×138cm

釋文： 長庚太乙静中觀，化轉卦神壇。誰言世界終日，身外事，笑談間。　天我共，佐肴餐，酒杯寬。有朋同醉，抃舞長歌，世紀新元。

款識： 訴衷情。壬辰冬至，王澄。

鈐印： 佛像印，半禪堂（朱文）。

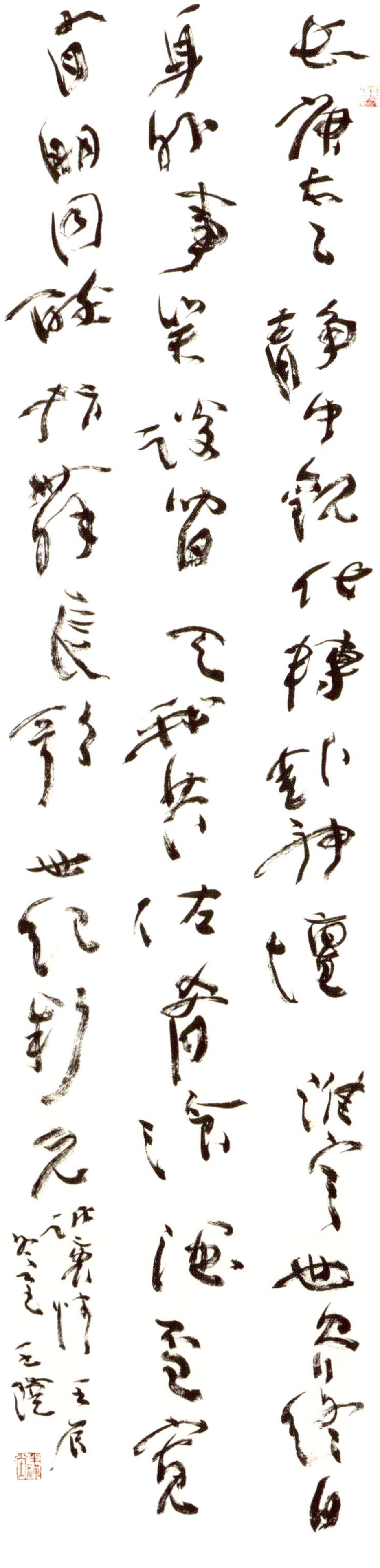

擔當題畫詩

紙本　2013 年　34cm×138cm

釋文：無酒不尋梅，得之歸去來。雪深春尚淺，一半到家開。

款識：擔當大師題畫詩一首。半禪堂王澄。

鈐印：佛像印，王澄之印（白文），半禪堂（朱文）。

無邊不勞收以不歸去來

無漏無為尚待一翻到家閒

撥草瞻風延且甘心生涯些了老僧

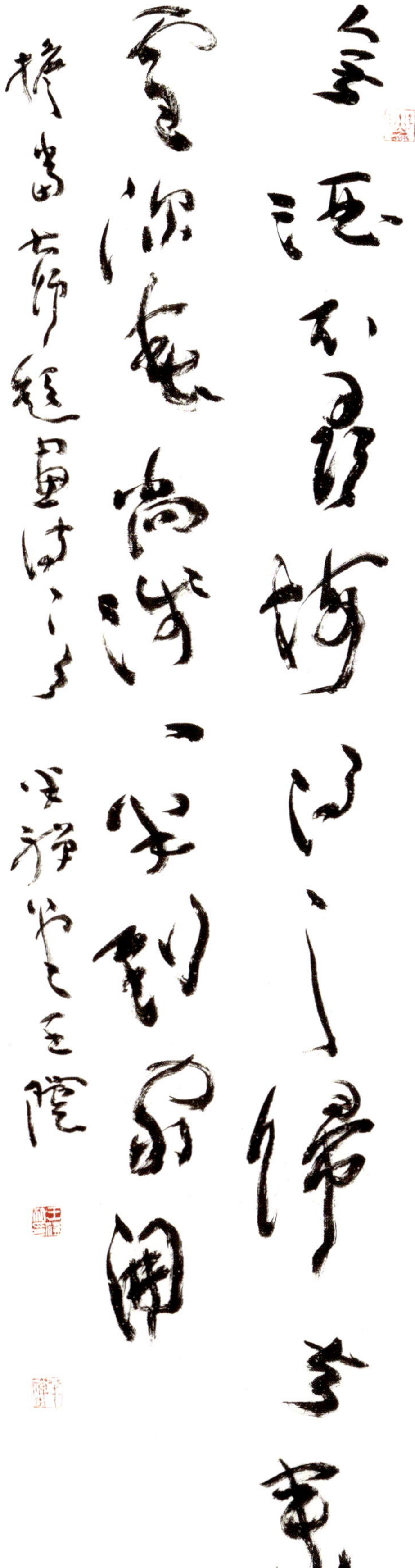

自作聯

紙本　2013 年　34cm×138cm×2

釋文：佛珠三世現，覺樹百年開。

款識：半禪堂王澄。

鈐印：佛像印，王澄之印（白文），半禪堂（朱文）。

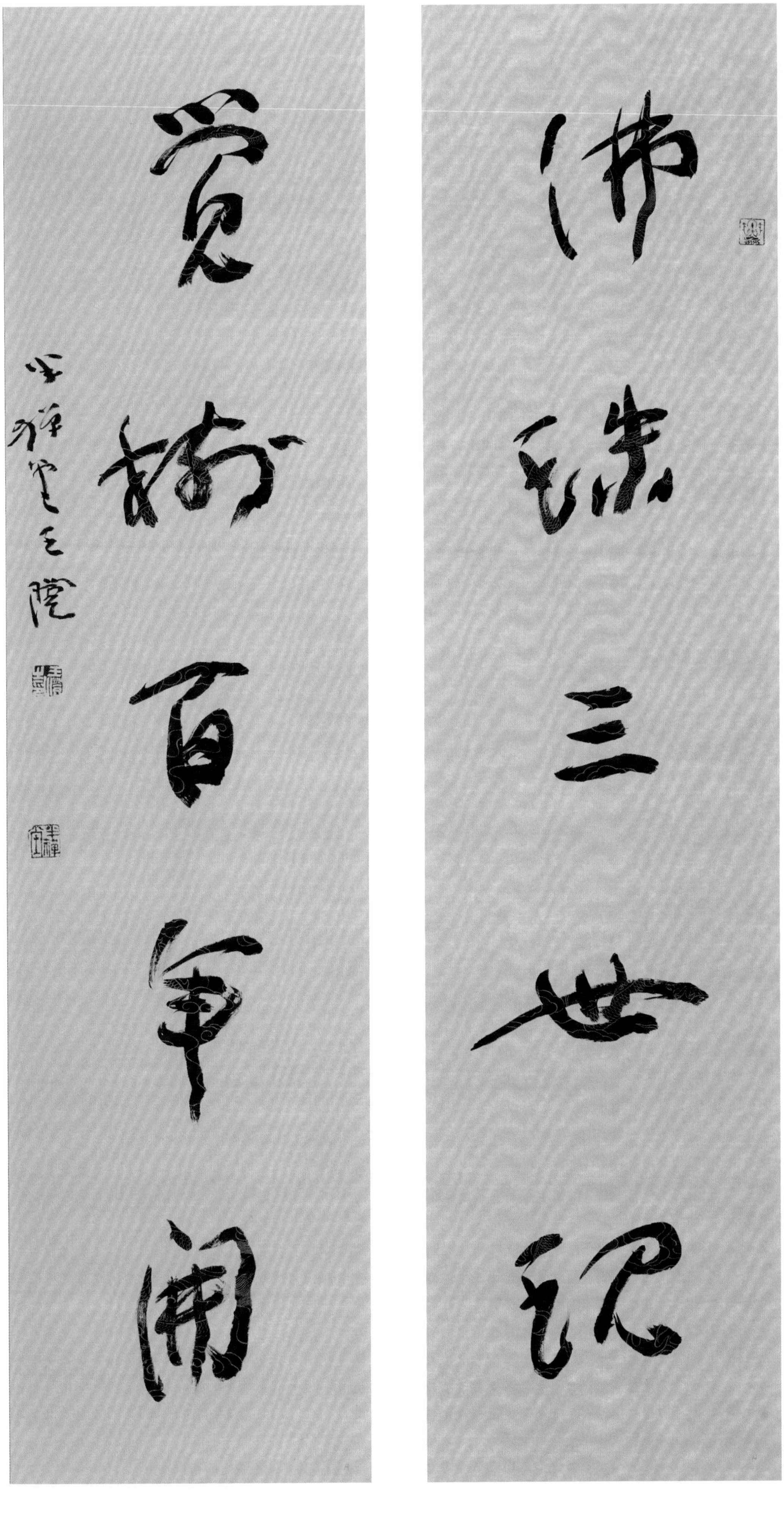

佛珠三世記

覺花百年開

自作聯

紙本　2013年　34cm×138cm×2

釋文： 靈機入證，妙諦因心。

款識： 半禪堂王澄。

鈐印： 佛像印，王澄之印（白文），半禪堂（朱文）。

靈機入證
妙諦回心

寒山轉蒼翠，秋水日潺湲。
倚杖柴門外，臨風聽暮蟬。

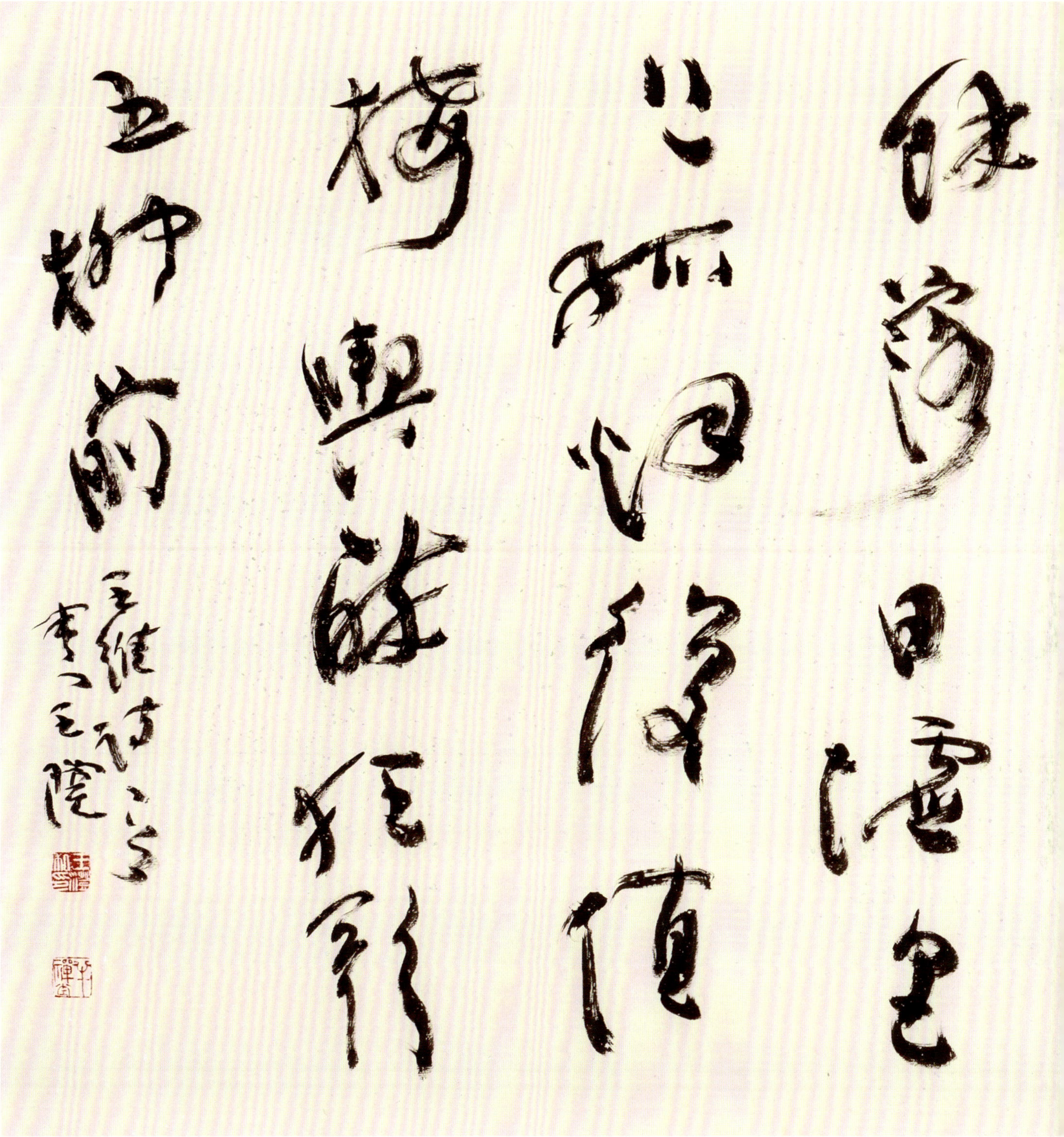

王維詩

紙本　2013年

68cm×138cm

釋文：寒山轉蒼翠，秋水日潺湲。倚杖柴門外，臨風聽暮蟬。渡頭餘落日，墟里上孤烟。復值接輿醉，狂歌五柳前。

款識：王維詩一首。夷門王澄。

鈐印：佛像印，王澄私印（白文），半禪堂（朱文）。

自作詞　碧窗夢

紙本　2013年　68cm×138cm

釋文：曲岸澄湖静，疏窗柳綫長。畫堂綽約影扶墻。夜半偏生好夢，少年狂。

款識：前夜夢中忽現少時演唱情景，遂以碧窗夢一調戲之。癸巳春二月，半禪堂王澄并記。

鈐印：佛像印，王澄之印（白文），半禪堂（朱文）。

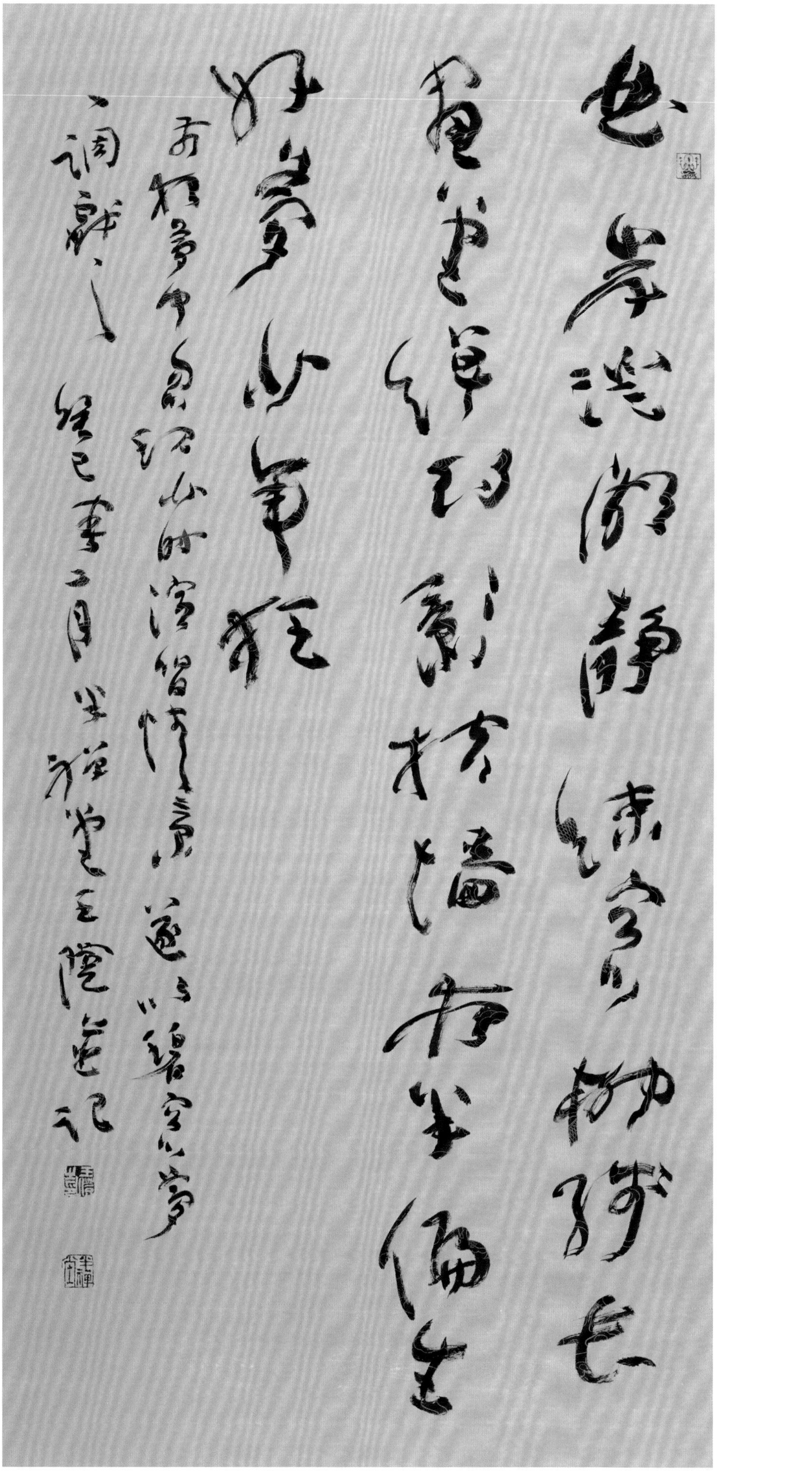

自作詞　浪淘沙

紙本　2013年　68cm×138cm

釋文： 初雪箭光寒，玉體銀冠，飛船轉瞬九仙寰。當與吴剛花下醉，天地同歡。借爾問夷蠻，誰敢輕看，中華昌盛固如磐！一曲長歌揮劍唱，萬世江山。

款識： 舊作賀神六飛天一首，調寄浪淘沙。而今神九已成功發射，更壯我國威也。癸巳新正重録并記，半禪堂王澄。

鈐印： 佛像印，王澄之印（白文），半禪堂（朱文）。

初写黄庭恰到好处卿瞬见仙宝曾兴足则花心眶之也七日同影

傲他心事以笔催对经写中节笔世江山昌发固如磐一曲长歌挥刻唱

借作贺神以花飞之又调穿浪强沙如今神龙已试功费射癸巳刘正重录苏轼

子忧我国威也尖程中毛玉院

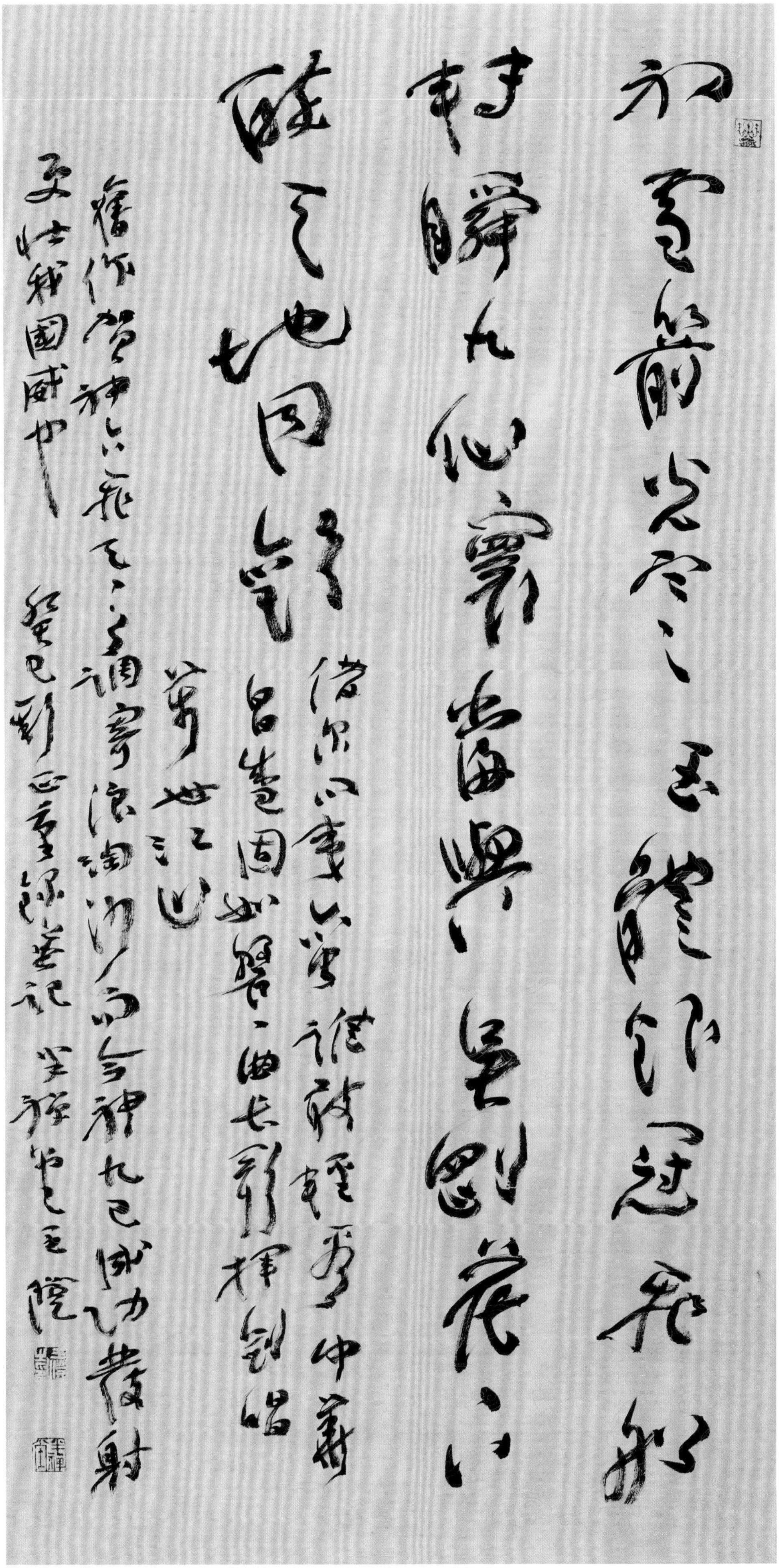

自作詞　玉壺冰

紙本　2013 年　90cm×180cm

釋文： 新枝避讓柔情繞，却道春風老。殘容孤影有誰憐？萬一畝（畝一）株求得豈非緣。　何言高士烟塵吐，徒羨清虚古。修枝培土細扶持，我自淺斟輕唱惜花時。

款識： 畝一倒置，舊作一首調寄玉壺冰。癸巳新正重録，時在鄭東新區如意湖畔，半禪堂王澄并記。

鈐印： 佛像印，王澄私印（白文），半禪堂（朱文）。

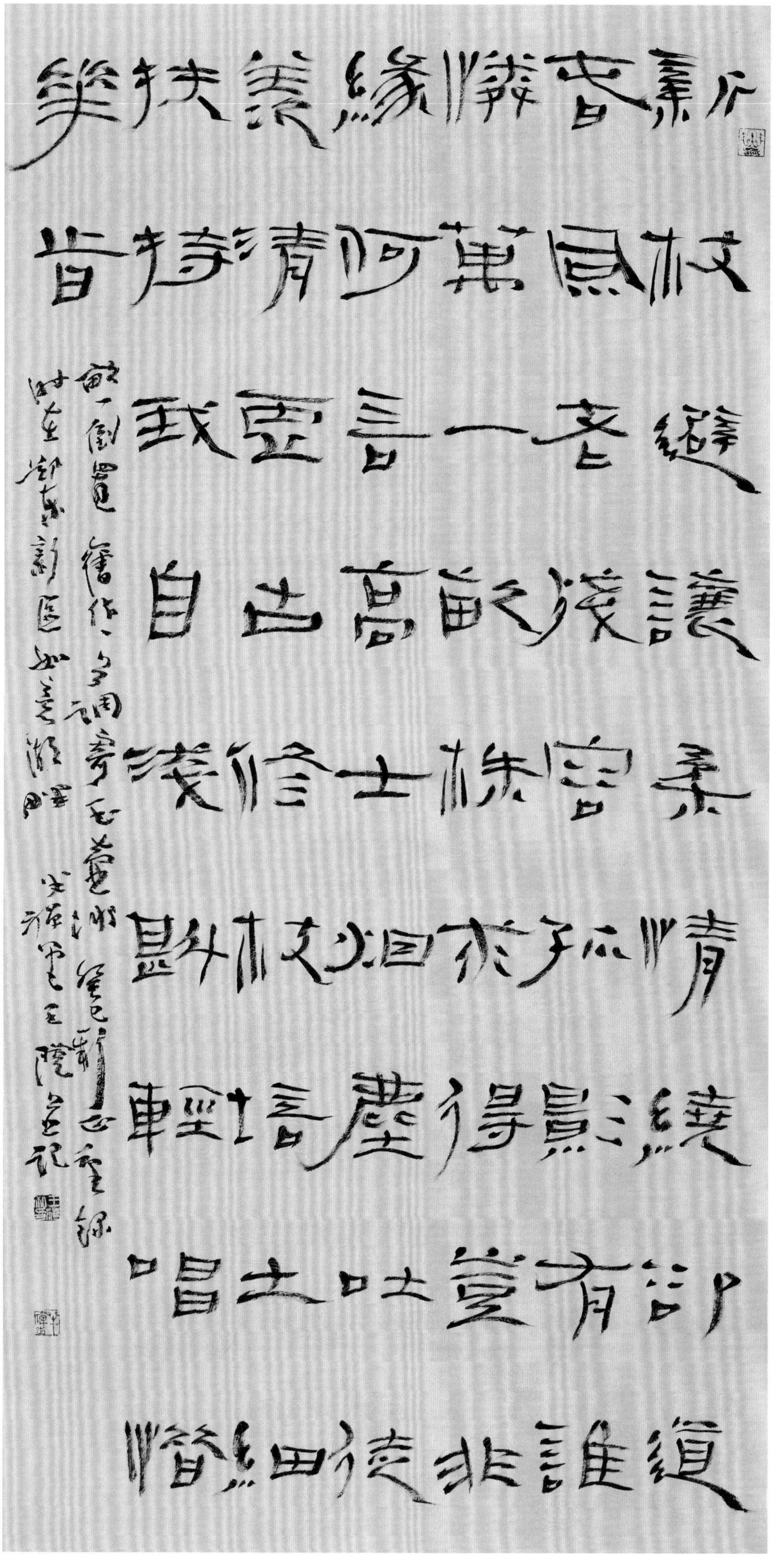

燭映蕉桐暫臉
起龍紋微依稀
過往平沙雁路
春西嘆高山流
水一曲橫琴折
念歲無子古結
夢度三疊楚壽
恩回憂君意刀

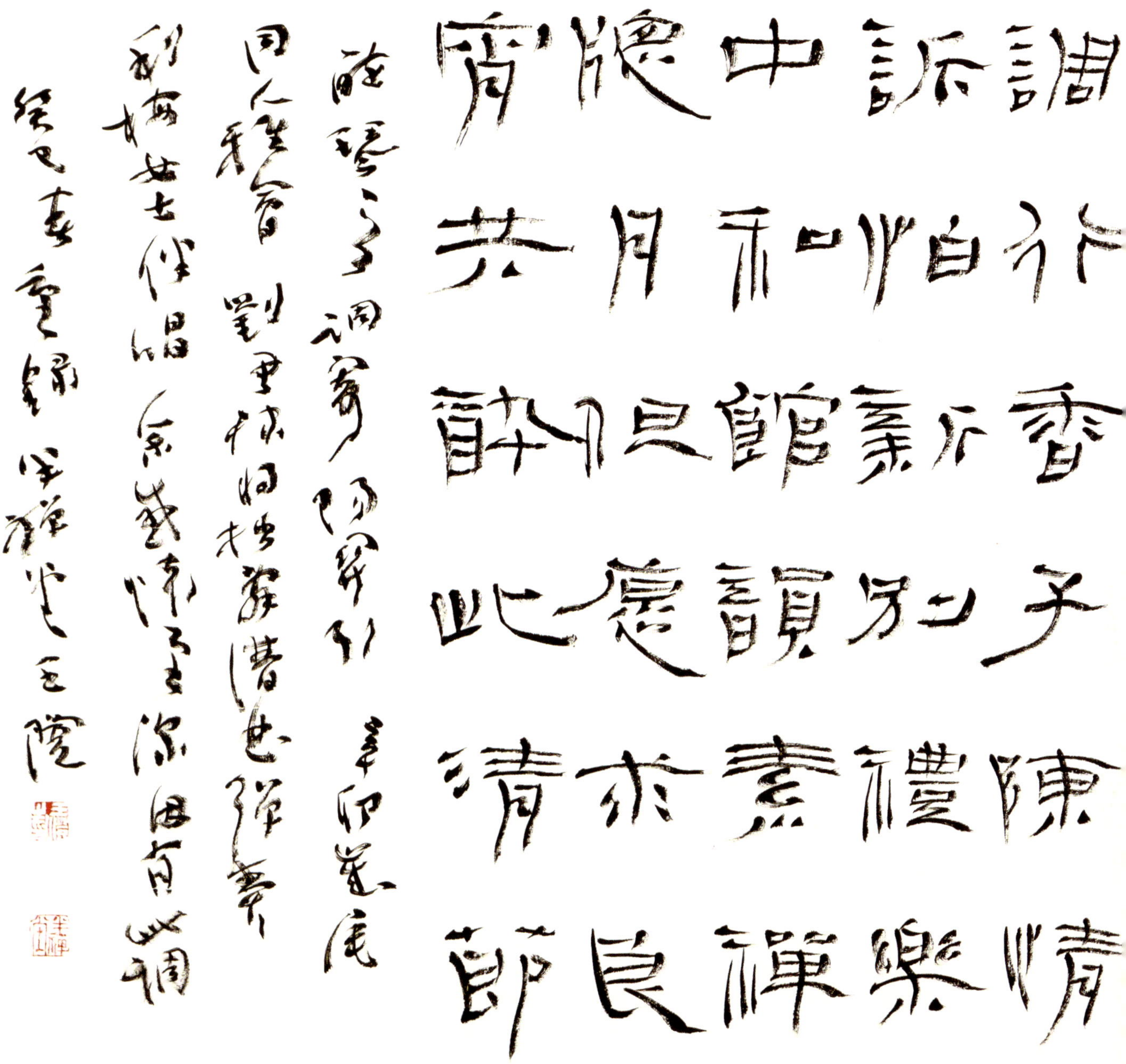

自作詞 陽關引

紙本 2013年 80cm×180cm

釋文： 燭映焦桐晳，腕起龍池澈。依稀過往，平沙雁，陽春雪。嘆高山流水，一曲橫琴折。念歲華、千古結夢，度三疊。 焚麝輕回縵，君意切。調行香子，陳情訴，怕新別。禮樂中和館，韵素禪窗月。但願求、良宵共醉此清節。

款識： 醉琴一首，調寄陽關引。辛卯歲尾，同人雅會，劉君棣將拙詞譜曲彈奏，利梅女士伴唱，余感懷至深，因有此調。癸巳春重録，半禪堂王澄。

鈐印： 佛像印，王澄之印（白文），半禪堂（朱文）。

自作詩　度禪音

紙本　2013年　90cm×90cm

釋文：意花不染有爲法，勝果爭攀無量心。莖挺葉寬身自在，聲聲滴水度禪音。

款識：家有滴水觀音一株，静幽時滴水之聲沁我心脾，盛暑凉然也。右去夏所作，轉瞬又是酷暑，而滴水觀音早被花市工人换去，還真有些念想。癸巳中伏，半禪堂王澄并記。

鈐印：佛像印，守方圓（朱文），好音何作七弦彈（朱文），王澄之印（白文），半禪堂（朱文）。

莲花不染，清者为清，胜果争荣，心无挂碍，处处安然自在，无为之心，滴水渡禅音。
若有冰清，心似水，观音保静。
时海有声，心悟心眼，
无声凉也。
静音观你什怀瞬而无皓，
观音呼你禅花不之人择善定真音
无念执，
笔甲代坐禅主陸定光

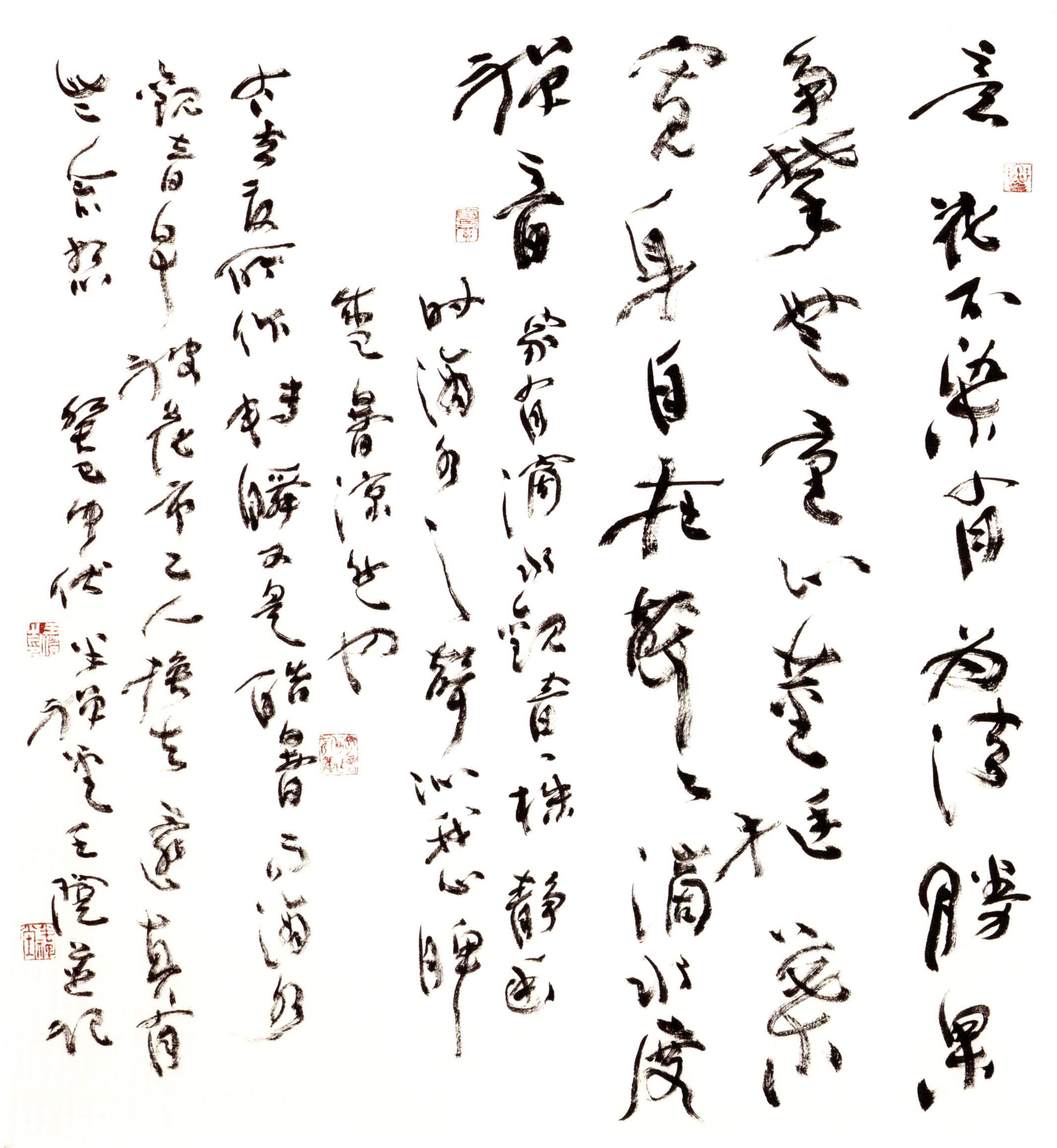

自作詩　橫流一醉

紙本　2013年　34cm×138cm

釋文：坐風立雪愧何從，黃綠赤橙异也同。呵筆擘箋相問學，春秋禮樂共朝宗。欣然數載蓬門濟，苦矣一時天地空。奈我頑愚持本性，橫流一醉意湖中。

款識：諧新華棣韵一首。半禪堂王澄。

鈐印：佛像印，王澄之印（白文），半禪堂（朱文）。

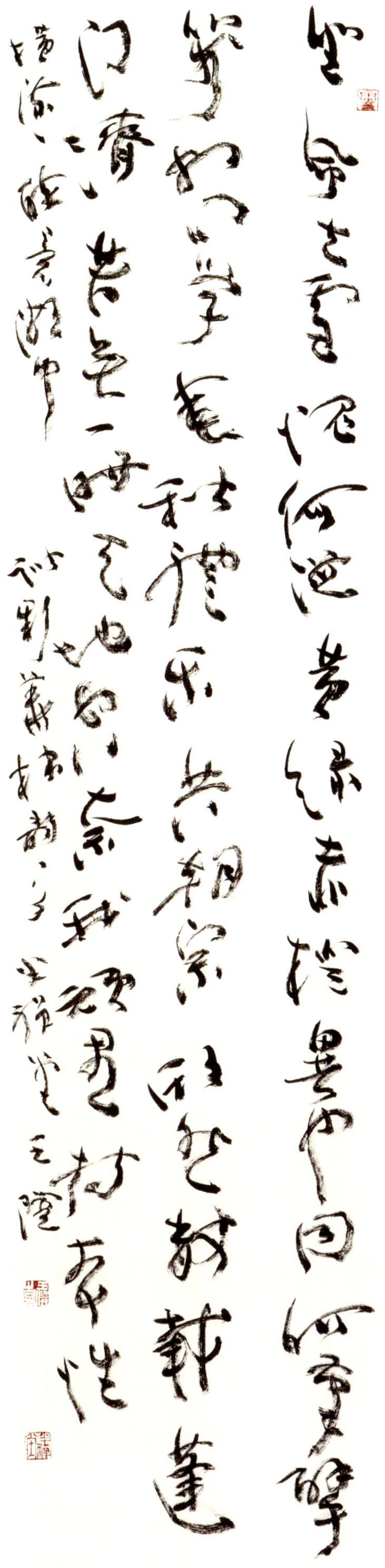

自作詞　滿江紅

紙本　2013 年　90cm×180cm

釋文： 霧鎖東洋，傾惡浪、狂風未歇。重逼我，血磨刀筆，抗争義烈。嗟嘆琉球麾暗日，安容釣島塵遮月。莫忘了、事變柳條湖，徒哀切。　民族耻，何時雪。家國恨，誰來滅。看而今疆土，竟還殘缺。今不剔剷東賊骨，豈能安撫先驅血。振雄師，平定小倭奴，明神闕。

款識： 壬辰夏初諧岳鵬舉滿江紅韵一首。癸巳夏重録，半禪堂王澄。

鈐印： 守方圓（朱文），好音何作七弦彈（朱文），不與人同（朱文），王澄之印（白文），半禪堂（朱文）。

霧鎖東洋頓惡浪狂風未歇重逢歲血磨刀筆抗爭義烈嘆嘆琉球甕咽日安寧釣島塵遮月某志了事變阿嘩湖徒哀切民族耻阿皆了雪冤家國恨誰來滅春而念殭土竟還殘

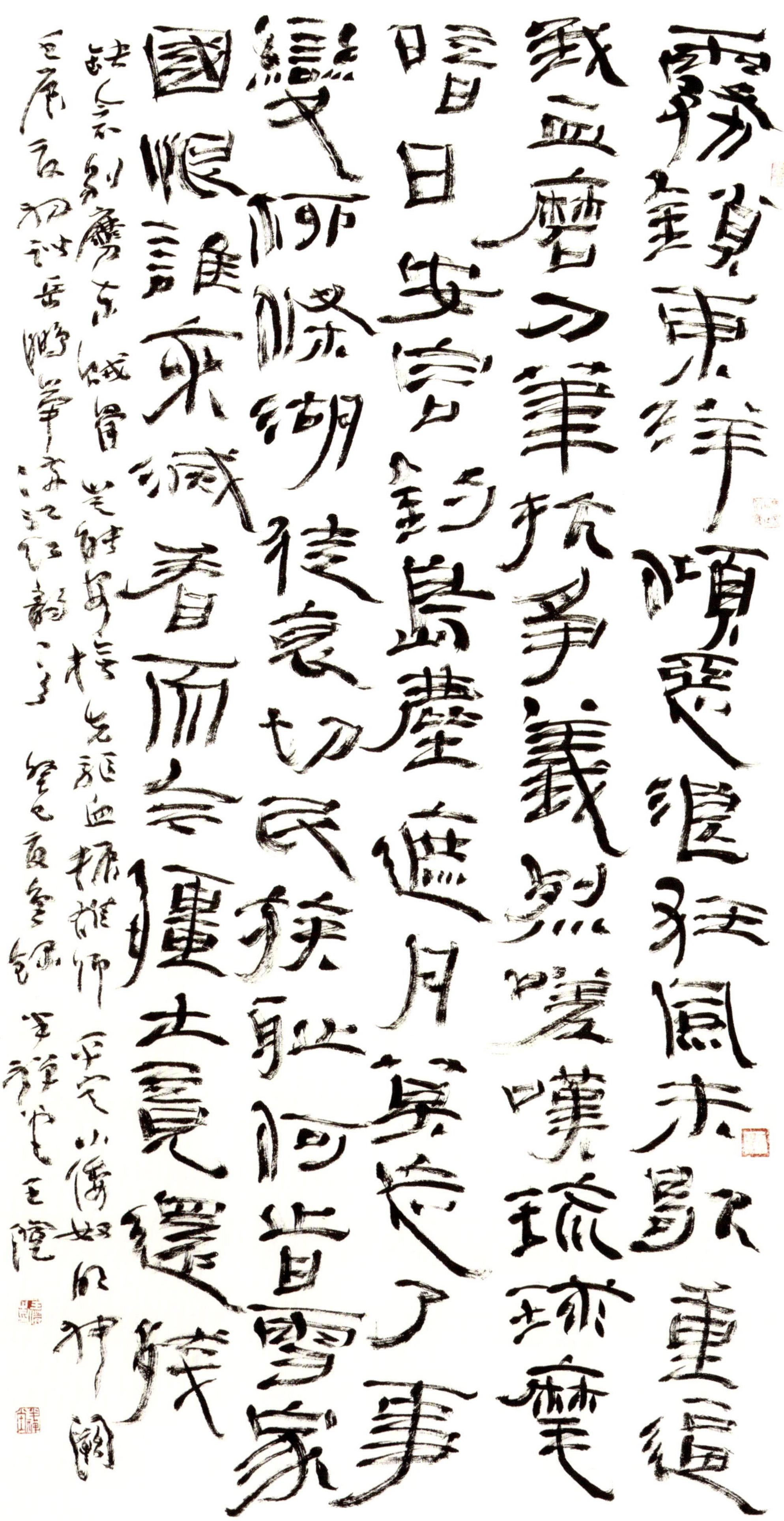

自作詞　醉太平

紙本　2013年　30cm×138cm

釋文： 奇香净堂，清音益彰。我家梧碧當窗，喜笙簫引凰。彤雲振裳，金鱗吐祥。海涵酬以湯湯，自源流久長！

款識： 醉太平一首。喜得孫女之記。癸巳新夏，半禪堂王澄。

鈐印： 佛像印，王澄私印（白文），半禪堂（朱文）。

白作聯

紙本　2013年　26cm×158cm×2

釋文：道者不處，童心當存。

款識：道者不處，童心當存，集於三年前。爲人不争，爲事不强，一切順乎自然謂之道者不處。李贄曰：：夫童心者，絶假純真，最初一念之本心也。若夫失却童心，便失却真心，便失却真人，人而非真，全不復有初也。余以此聯視爲座右，雖非道者却嚮往之，雖未能之，時時鑒之也。癸巳冬仲重録，半禪堂王澄。

鈐印：王澄私印（白文），半禪堂（朱文）。

道皆不變
童心當存

自作詞　梅月圓

紙本　2013年　38cm×180cm

釋文： 銀盤金餅歲時同，緩緩桂花風。秋色半分天作，人間會意尤濃。　光掀簾角，影移幔下，弦外交融。想得一輪圓滿，皓魂伴我禪翁。

款識： 癸巳中秋一首，調寄梅月圓。半禪堂王澄。

鈐印： 佛像印，王澄之印（白文），半禪堂（朱文）。

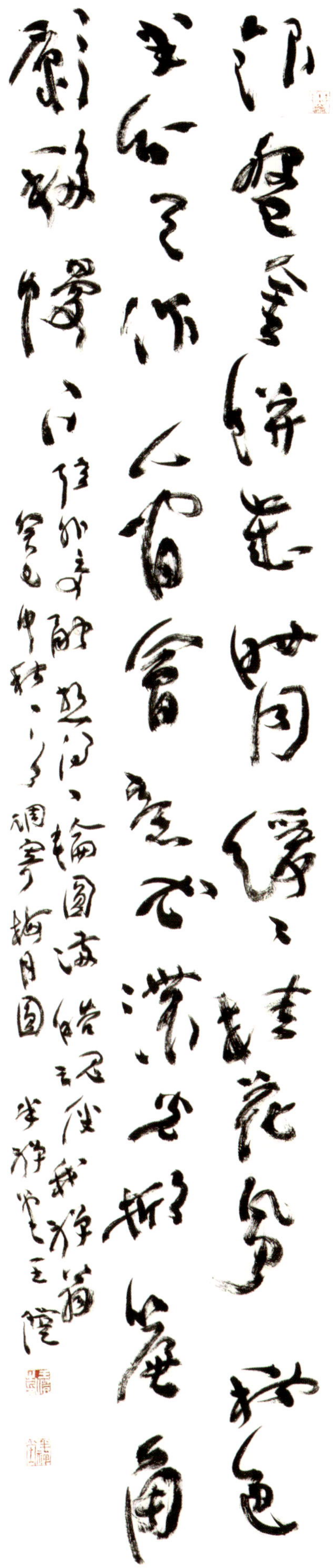

毛澤東詞二首

紙本　2013年　230cm×285cm

釋文： 橫空出世，莽昆侖，閱盡人間春色。飛起玉龍三百萬，攪得周天寒徹。夏日消溶，江河橫溢，人或爲魚鱉。千秋功罪，誰人曾與評説？而今我謂昆侖：不要這高，不要這多雪。安得倚天抽寶劍，把汝裁爲三截。一截遺歐，一截贈美，一截還東國。太平世界，環球同此凉熱。（念奴嬌・昆侖）

纔飲長沙水，又食武昌魚。萬里長江橫渡，極目楚天舒。不管風吹浪打，勝似閑庭信步，今日得寬餘。子在川上曰：逝者如斯夫！風檣動，龜蛇静，起宏圖。一橋飛架南北，天塹變通途。更立西江石壁，截斷巫山雲雨，高峽出平湖。神女應無恙，當驚世界殊。（水調歌頭・游泳）

款識： 癸巳子月彌佛生日後三日，恭録毛澤東主席詞二首。半禪堂王澄。

鈐印： 佛像印，王澄之印（白文），半禪堂（朱文）。

横空出世莽昆仑阅尽人间春色飞起玉龙三百万
搅得周天寒彻夏日消溶江河横溢人或为鱼鳖千秋
功罪谁人曾与评说而今我谓昆仑不要这高不要这
多雪安得倚天抽宝剑把汝裁为三截一截遗欧一截
赠美一截还东国太平世界环球同此凉热
念奴娇 昆仑
才饮长沙水又食武昌鱼万里长江横渡极目楚天舒
不管风吹浪打胜似闲庭信步今日得宽馀子在川上曰逝者
如斯夫风樯动龟蛇静起宏图一桥飞架南北天堑变通途
更立西江石壁截断巫山云雨高峡出平湖神女应无恙
当惊世界殊

水调歌头 游泳 癸巳年月下浣佛生日后三日恭录
毛泽东主席词二首
书于□室 王隆

自作詩　甲午元宵

紙本　2014年　69cm×137cm

釋文： 瑞雪遲來酬歲首，花燈鮮少也元神。倒寒尤覺茶籠暖，伴我書香又一春。

款識： 甲午元宵一首。去歲一冬無雪，今之新春瑞雪喜降，因有小詩記懷耳。半禪堂王澄。

鈐印： 佛像印，王澄之印（白文），半禪堂（朱文）。

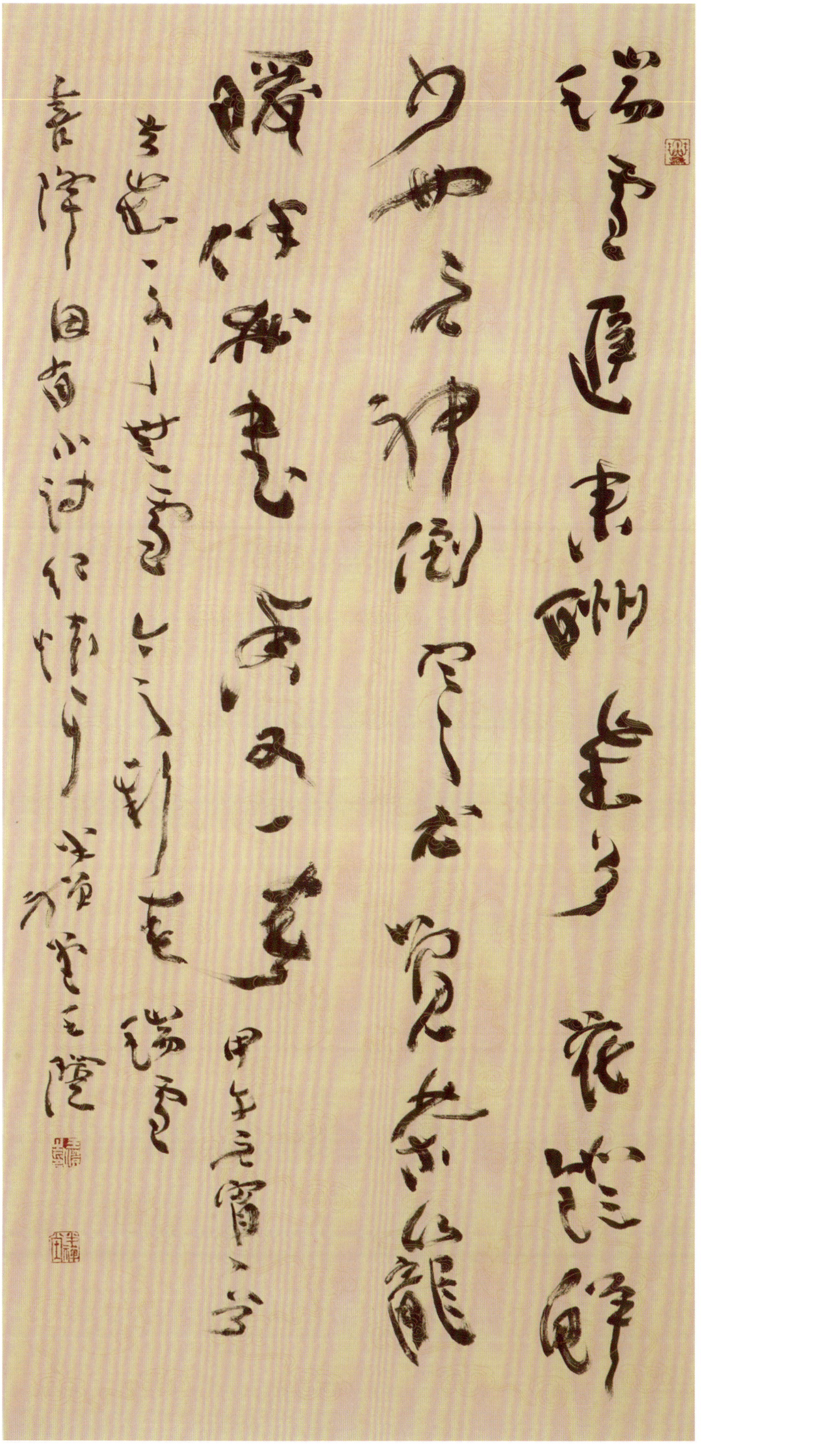

茶聖陸羽序贊

紙本 2014年 直徑 69cm

釋文： 茶之爲物，蘊天地之精華，匯山川之靈稟。可以佐名理，助道德，滌煩襟，蕩愁腸。宜高士之坐隱，愜幽人之絲簧。治者得之以清明，賈者得之以盈利。然茶之爲飲，實自陸子《茶經》而廣之。陸子名羽，字鴻漸，少厭髡緇，混迹優伶。究孔釋之名理，窮歌詩之麗則。詼諧談辯，物議不擾，流俗莫攖。叩林木以役風月，被野服而傲公卿，蓋一時之名士。其性甘茗荈，味辨淄澠，尤爲世所稱焉。明陳文燭有云：稷樹藝五谷而天下知食，羽辨水煮茶而天下知飲，羽之有功於飲者亦大矣！乃爲之贊曰：茫茫禹迹，風美攸歸。開物潤生，萬聖一揆。鴻漸於陸，羽以爲儀。物（托）身桑苧，遁迹苕溪。既出髡緇，復究名理。爰述茶遁（經），以永厥旨。乃精烹點，更嚴采擷。器用維則，水土是宜。明德輔政，吉士懷邦。商賈利市，山野騰芳。跬繼神農，澤被黎甿。功高日月，禹稷同光。世譽茶聖，時比楚狂。不慕王侯，獨羡西江。有懷吾祖，既綿且長。維躬維鞠，厥祀永饗。

款識： 茶聖陸羽序贊，煒弢賢棣撰於甲午暮春。托身桑苧，誤作物身桑苧；爰述茶經，誤爲爰述茶遁。老朽昏庸，無可奈何耳。甲午三月題而補之，時在鄭東新區如意湖畔藍水岸畫室燈下，半禪堂王澄并記。

鈐印： 佛像印，半禪堂（朱文），知進退守方圓（朱文），王澄之印（白文），半禪堂（朱文）。

茶之為物，蘊天地之精華，滙山川之靈實。昔佐名流、功追涤徐禄。荊楚燕陽、宜昌之峡隱匯而入之出名為多。浮云清風、陸羽字游澗、少生覺絕物議。不擢世俗榮祿、究礼玄辭之、名目陳文帥有志、榜奉五行而之。不拔羽喜之、持著茶経卽赫世以役也。稱直隂陳文帥有志、樓榜奉五次官、而之人報舍羽独水心酌。有功於時者品其美乃為之贊曰：

茶經渐渍，禹迹風美、坡歸開物润生萬聖一撰。漸出髫齡、陵羽以為儀。輔政治澤、究名頗類器用維。明德神農、甾吉秋名。采邦商賈、和而山野。継踪既精、熙政孌究功高日月、禹穫騰同芳。徳世蹟彣乃比雙驚維、躬鞠維、維鞠雅西江永饗。有懷峕繼譽羔祖既長狂不慕王英歎羲祀。

茶聖陸羽序賛、陳隆實撰摹我辛卯春拙身茶迹、携並茶經語作物身紫述田寛水掌皇誥於甲午三月起於補之時北郭東剛岩臨如意齋小鐵堂王陸金記

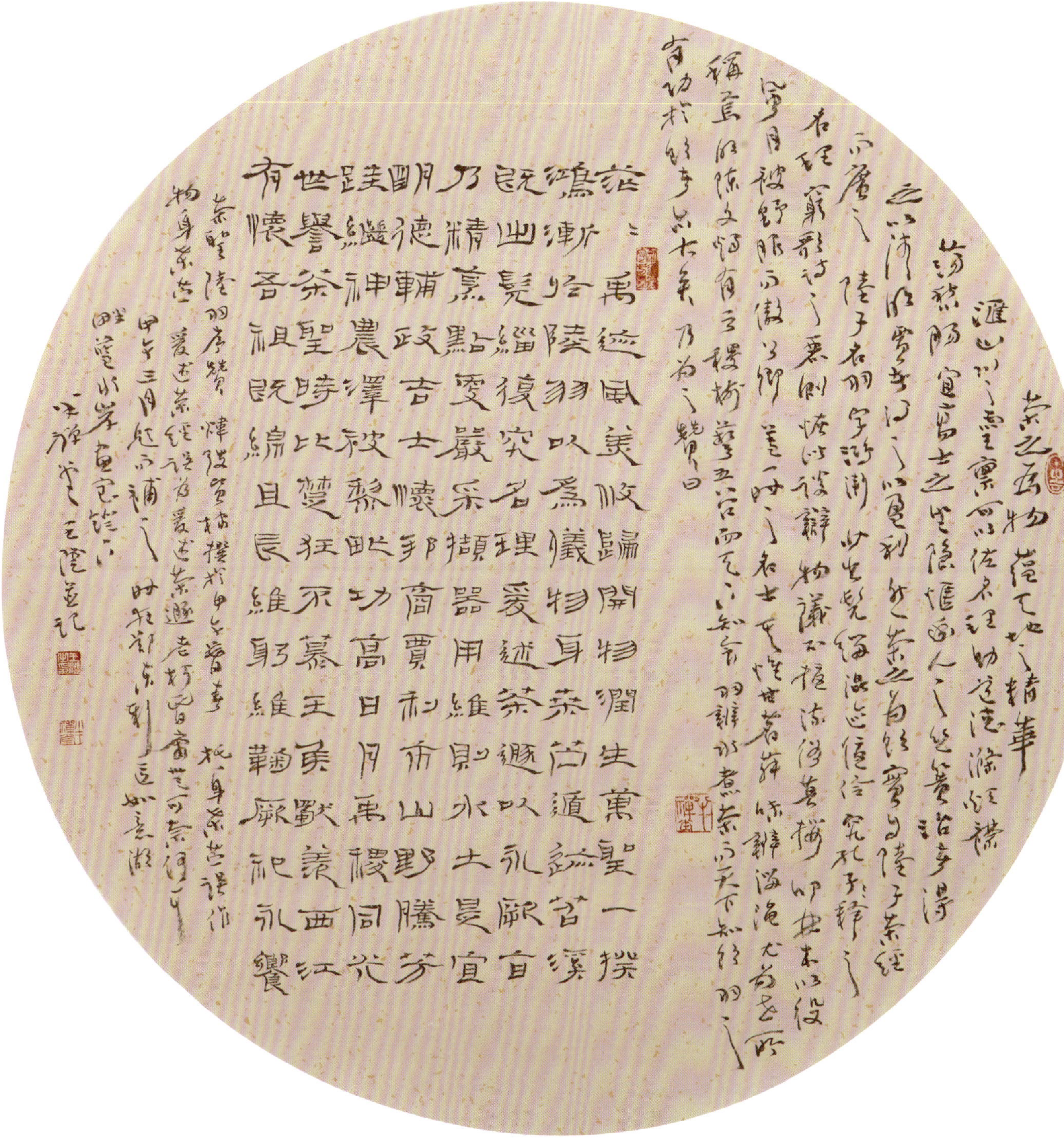

毛澤東詞聯

紙本　2014年　26cm×140cm×2

釋文：激揚文字，指點江山。

款識：獨立寒秋，湘江北去，橘子洲頭。看萬山紅遍，層林盡染；漫江碧透，百舸争流。鷹擊長空，魚翔淺底，萬類霜天競自由。悵寥廓，問蒼茫大地，誰主沉浮？　携來百侣曾游，憶往昔崢嶸歲月稠。恰同學少年，風華正茂；書生意氣，揮斥方遒。指點江山，激揚文字，糞土當年萬户侯。曾記否，到中流擊水，浪遏飛舟。毛澤東主席沁園春一首。甲午夏初節聯并書，半禪堂王澄。

鈐印：佛像印，半禪堂（朱文），王澄之印（白文）。

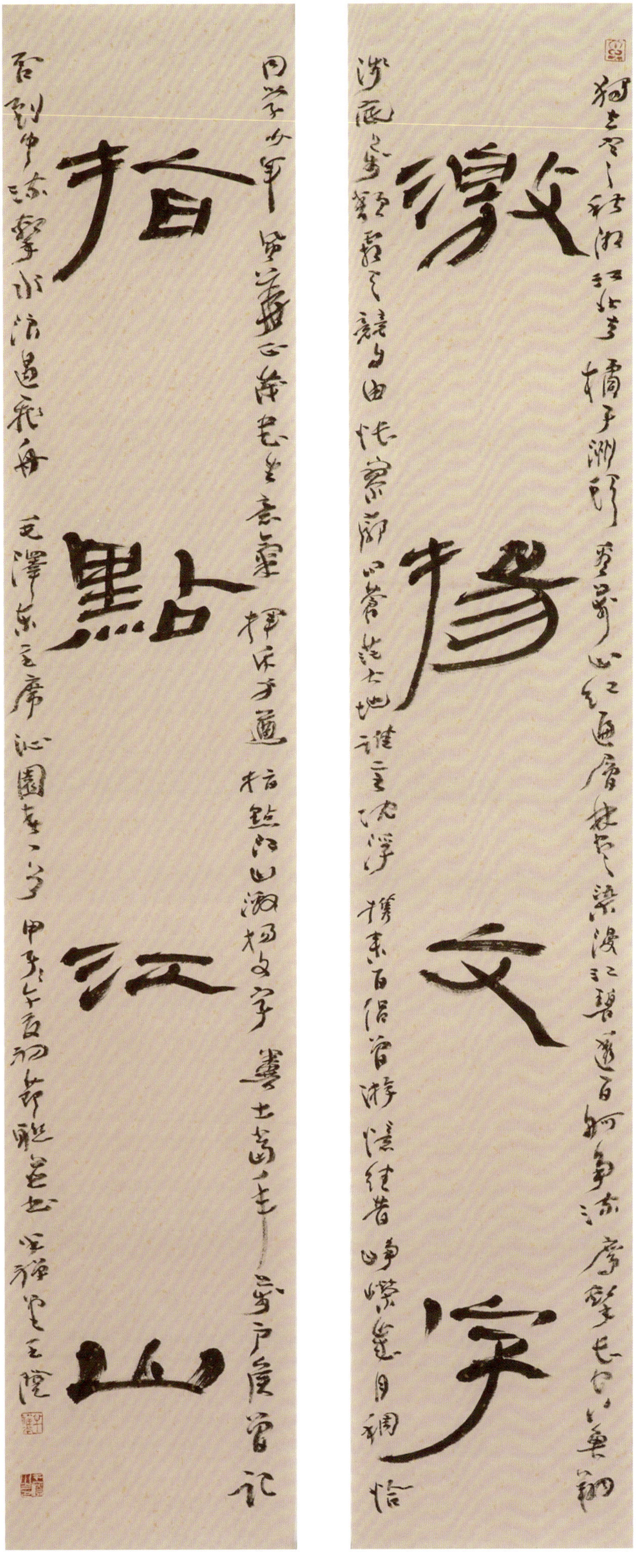

独立寒秋，湘江北去，橘子洲头。看万山红遍，层林尽染；漫江碧透，百舸争流。鹰击长空，鱼翔浅底，万类霜天竞自由。怅寥廓，问苍茫大地，谁主沉浮。

携来百侣曾游，忆往昔峥嵘岁月稠。恰同学少年，风华正茂；书生意气，挥斥方遒。指点江山，激扬文字，粪土当年万户侯。曾记否，到中流击水，浪遏飞舟。

毛泽东主席沁园春一首 甲午仲秋初旬瓯越王陵书于上海